Ines Birkhan

abspenstig

Roman

TEXT/RAHMEN

1., Auflage, 2022

Autorinnenporträt: Kurt Prinz, www.kurtprinz.at
Schriftgestaltung: TEXT/RAHMEN, www.polenimschaufenster.com
Lektorat: Tino Schlench
Korrektorat: Oliver Poschner
Umschlaggestaltung und Satz: Dominik Uhl
Druck und Bindung:
TOTEM.COM.PL Sp. z o.o. Sp. k., Digital Printing House, Inowrocław Totem.com.pl
ISBN 978-3-903365-07-0

Aus Umweltschutzgründen wurde auf eine Folie verzichtet.

Dieses Buch wurde vom Bundesministerium
für Kunst, Kultur, öffentlicher Dienst und Sport unterstützt.

Bundesministerium
Kunst, Kultur,
öffentlicher Dienst und Sport

abspenstig

Roman

abspenstig
[ˈapʃpɛnstɪç]

eigentlich = weggelockt,
zu älter abspannen = weglocken,
zu Mittelhochdeutsch spanen,
vgl. Gespenst

Wir verschlafen unser Leben
in einem traumlosen Schlaf.
Aber wo ist unser Leben?
Wo ist unser Körper?
Wo ist unser Raum?

– Georges Perec

I

1
jaekelopterus

seit millionen jahren hockte die schnecke bellerophon auf dem boden, pumpte wasser durchs gehäuse und ließ dabei ihren fleischigen fuß hervorquellen. neben ihr saß das kind. es streckte den arm aus, etwas glitzerndes ragte aus dem schlamm. der sauerstoffanteil lag tief, der kohlendioxidanteil hoch, und die seegurken, schlangensterne und trilobiten, die ringsum über den sand krochen, entwickelten eine schrift. während an land draußen stürme über den erdboden wirbelten, die äste der urfarne und bärlappgewächse im wind peitschten, blieb es unter wasser ruhig.

das riff quoll über vor leben. kopffüßer schwebten aufgerollt in ihren wohnkammern und harrten der dinge. ihre mit häkchen besetzten zungen waren jederzeit bereit und mit etwas glück raspelten sie bald an moostierchen und seelilien. in den korallen rekelte sich der kleine wurm hicetes, aale glitten durch wogenden seetang und elgonaspis, ein blinder fisch, grub seine kopfröhre in den schlamm, um einzusaugen, was sich an schmackhaftem darbot. nur die antiarchi waren richtung süßwasser unterwegs. sie schleppten sich von einem tümpel zum nächsten und entwickelten auf ihren wegen lungenähnliche strukturen.

die einen entwarfen eine schrift, die anderen bildeten lungen aus. und während bellerophon den fuß ins haus zog und das kind die hand aufs bein legte, schwebte ein drei meter langer in segmente geteilter körper über ihnen. sie blickten hoch und erkannten jaekelopterus, den riesenseeskorpion, der als der gefährlichste beutegreifer galt. er war drauf und dran, seine kieferklauen einzusetzen. alle neunaugen, schleimaale und knochenfische flüchteten sich in die algenfelder oder röhrenschwammwälder. einzig schinderhannes mit den großen augen und dem plattenumkränzten mund hatte keine angst vor dem skorpion.
jaekelopterus beobachtete das kind mit seinen facettenaugen, und es zerfiel in einzelteile.

Ekaterina Manos' Körper ist dunkelblau. Ein Blau allerdings, das man sich nicht als einheitlich vorstellen darf. Das liegt zum einen an der spezifischen Beschaffenheit der Augen des Tätowiermeisters, zum anderen an der Zusammensetzung der Tinte, die im Behälter eine Emulsion bildet und sich pointillistisch auf der Haut manifestiert. Unabhängig davon arbeitet der Meister im strikten Punktverfahren, sticht und sticht, ohne auf Linien aus zu sein. Zwischen Ultramarin und Indigo eröffnet sich für Eingeweihte ein Spektrum von mehr als vierzig Farbnuancen.

Woher er die Farben bezieht, ist, bis auf die Tinte einiger Kopffüßer, ungewiss. Auf Nachfragen gibt es keine Antwort. Fest steht aber, dass der Meister äußerst genau arbeitet. Von der ursprünglichen Hautfarbe darf am Ende nicht ein Quäntchen übrig bleiben. Auch sensible Regionen wie Augenlider, Ohren und Nabel werden nicht ausgespart, nur unter die Finger- und Zehennägel geht er nicht. Mancherorts stellt sich die Frage, wo der äußere Körper aufhört. Wie weit ins Mundinnere sind die Lippen zu färben? Schamlippen und äußere Klitoris – ja, aber wie tief ins Innere der Vagina, der Harnröhre oder des Anus soll gestochen werden? Ähnliches gilt auch für Nasenlöcher und Gehörgänge.

Die blaue Hautfarbe hat Ekaterinas Wiener Band Polly X Strahlkraft verliehen. Aber eigentlich verfolgt die junge Sängerin mithilfe der Tätowierung ein anderes Ziel, das mit dem letzten Punkt Blau hoffentlich erreicht sein

wird. Ihre Freundin Sisi hat sie da hineingeworfen. Ein Geheimtipp, dieser Meister aus dem Erdaltertum, und für Ekaterinas von Schmerzen befallenen Körper mittlerweile der einzige Ausweg. Seit ihrer Pubertät verwandeln sich Gelenke, Muskeln, Bindegewebe und Nervenstränge ohne ersichtlichen Grund in Orte der Missempfindung. Das Pochen, Reißen, Brennen oder Bohren wandert, einer unvorhersehbaren Kartografie folgend, durch den Körper und buhlt um Aufmerksamkeit. Akute Schmerzen fast Tag für Tag, und breit ist die Palette der aufgesuchten Ärztinnen und Heiler, von aufflammender Hoffnung begleitet, doch letztlich blieb der Erfolg gleich null. Nur Beruhigungsmittel können zeitweilig Ablenkung verschaffen.
Wenn sie sich auf evolutionäre Rückwärtssprünge einlassen wolle, so der Meister, und etwaige Klauseln des Vertrags in Kauf nähme, würde sie in Zukunft schmerzfrei sein. Dabei betonte er ausdrücklich die Handschlagqualität des Vertrags. Allerdings sind manche Hände gar nicht als solche zu bezeichnen.
Seit zwei Jahren sieht Kat den Tätowiermeister nun, und tatsächlich haben sich die Schmerzen verringert. Trotzdem packt sie manchmal Ungeduld, denn die Wege zu ihm sind aufreibend. Anfangs deckte er bei jeder Sitzung große Körperflächen ab. Einen Unterarm, eine Hinterbacke, den Unterbauch, aber in letzter Zeit gerät der Prozess ins Stocken. Der Meister gibt sich nämlich zunehmend exzentrisch, verstrickt Ekaterina in Sprachspiele und beordert sie an die seltsamsten Übergangsorte. Diesmal ins Salzkammergut – in ein Solebad bei Bad Aussee.

Auf dem Parkplatz vor dem Bad dreht Ekaterina sich im Kreis. Ringsum die wuchtige Bergkulisse, wie ausgestanzt vor dem Himmelblau. Im Gegensatz dazu die moderne Architektur des Narzissenbads, ein ausgedehntes Betongebäude mit asymmetrischer Erhöhung. Von außen ahmt der Bau, abstrakt, aber doch, ein Schiff nach. Nicht übel für die Gegend, denkt Kat. Vier Becken mit unterschiedlichen Wassertemperaturen soll es beinhalten, und in allen ist dieses angeblich heilsame Salz gelöst.
Mitzubringen war ein laminiertes Wörterbuch, das Kat mit einem neonrosa Post-it versehen hat. *Austauschregel S+7* steht darauf.

Der junge Mann an der Kassa bemüht sich bei ihrem Anblick um eine gelassene Haltung. In der Garderobe mustern die Gäste sie aber unverhohlen. Das Blau wird je nach Lichteinfall sofort als Ganzkörpertätowierung erkannt oder für eine natürliche dunkle Hautfarbe gehalten. Hier, im Neonlicht mit den schwarzen Spinden im Hintergrund, wirkt ihre Gestalt wie ein Vexierbild. Verwirrt suchen die Leute nach Herkunftshinweisen, aber weder ihre zierliche Figur noch ihr ebenmäßiges rundes Gesicht mit den dunklen Augen sind auf Anhieb zuordenbar. Höchstens die verfilzten schwarzen Haare deuten eine Verbindung zur Popkultur an.
In der Haupthalle nickt ihr ein Mann mit Vollbart zu, der in einem höher gelegenen Becken driftet. Er hebt die Faust mit ausgestrecktem kleinen Finger und Zeigefinger. Ein Metal-Head und gleichzeitig Polly-X-Fan?, überlegt

Kat. Wieder einmal wird ihr bewusst, wie sehr sie an die Stadt gewöhnt ist. Das Landleben erscheint ihr nicht real. Hier allein unterwegs zu sein, ist noch anstrengender als in Wien. Wenn wenigstens Sisi bei ihr wäre!
Erst im großen Becken holt sie ein Gefühl der Erleichterung ein. Unter Wasser geht es ihr um vieles besser als im Trockenen. Nur beim Singen fühlt Kat sich ähnlich frei. Der Schwebezustand entspannt und schafft Weite im Körperinnenraum, die Stimmen und Rufe der Menschen draußen treten gedrosselt ans Ohr. Beinah fröhlich stößt sie sich von den Fliesenwänden ab und gleitet kreuz und quer durchs Becken. An einer Düse hält sie zum Spaß den Finger in den Strahl. In dem Augenblick treten fadenartige Partikel und kleine bräunliche Fetzen aus, die an Fettablagerungen im Abfluss erinnern. Immer mehr grünbraunes Zeug quillt hervor, bis dunkle Schlieren den gesamten Nischenbereich durchziehen. Verdammt, das Wörterbuch!

Ekaterina: Ich hab das Wörterbuch liegen lassen.
Seeskorpion: Das ist schlecht. Dann schicke ich Sie sofort zurück. Holen Sie den *Wortführer* und bringen Sie eine *Eisenacherin* mit.
Ekaterina: Was ist das?
Seeskorpion: Am liebsten mag ich *Vanillestange*, *Pistoia* und *Hasenherz*.
Ekaterina: Ah, Eis meinen Sie! Wie soll ich die *Eisenacherin* hierher transportieren?
Seeskorpion: Das ist Ihr *Kaffeeextrakt*.

Ekaterina: Es wäre eine große Hilfe zu wissen, in welchem Moment Sie mich holen.
Seeskorpion: Das ergibt keine *Sinnergänzung.* Für extra *Hilflosigkeit* verlange ich eine weitere *Eisenacherin.*
Ekaterina: Ich bringe Ihnen gerne zwei *Eisenacherinnen.* Aber damit die in der Zwischenzeit nicht schmelzen, wäre es hilfreich …
Seeskorpion: Eins ist sicher, ohne meine *Eisenacherinnen* werden Sie Ihre *Schmetten* niemals los.

Wieder einer dieser extravaganten Wünsche, um ihr das Leben zu erschweren. Ein neues Spiel mit neuen Regeln, an die es sich zu halten gilt. Eigentlich durchschaut man seine Formulierungen auch ohne Wörterbuch. Ihr wird plötzlich klar, warum. Er wendet die *Austauschregel S+7* falsch an. Laut Wikipedia sind abgeleitete Wörter des Ausgangsnomens gar nicht erlaubt. *Sinn* kann also nicht zu *Sinnergänzung* werden.
Der Skorpion zwickt Kat mit seiner roten Riesenschere in den rechten Oberarm, die Felsen zerbröseln und die Fliesenwände des Erlebnisbeckens werden erkennbar. Während die Menschen dort ihre Muskeln von warmen Wasserstrahlen kneten lassen, benetzen sie einander mit oberflächlichen Gesprächen, die jedoch versiegen, als Kats blaues Gesicht auftaucht.

*

Schau, das ist die von Polly X!

Wow!
So radikal! Das Blau fährt voll gut.
Voll.
Schaut jünger aus als in den Videos.
Shit! Sie dreht sich zu uns um!
Nicht so laut!
Sie kommt auf uns zu!
Psst!

Ja, die zwei Burschen sind wohl Polly-X-Fans, denkt Ekaterina auf ihrem Weg zum Buffet. Weil sie keine Lust auf unnötiges Gelaber hat, streift sie die beiden im Vorbeigehen mit einem kühlen Blick. Im Buffet ist ärgerlicherweise das gewünschte Eis nicht zu haben. Nur Erdbeere zurzeit, heißt es. Die neue Lieferung werde aber bald eintreffen.
Am Klo holt Kat eine rosa Pille aus der Bademanteltasche und zerdrückt sie auf dem Waschbeckenrand mit einer liegengebliebenen Bürste. Nachdem sie den Pillenstaub geschnupft hat, bringt sie den Mund zum Wasserhahn, um zu trinken. Scheiß Sensoren! Das Wasser fließt nur für wenige Sekunden. Ihr Kopf fährt hoch. Blick ins Spiegelglas unter der LED-Röhre. Das Gelb der Zähne gegen das Blau der Haut. Schwindel rollt heran. Der Rückstoß, wenn die Pinke zu fahren beginnt. Kat taumelt nach hinten und plumpst auf die Klobrille. In den Schläfen pocht es. Wasser flutet ein. Durch die Fliesen ringsum geht ein wummernder Hall. Die Türklinke wird von außen runtergedrückt. Ein riesiger Schatten fährt an ihrer

linken Seite vorbei und hinterlässt eine Kreischbewegung auf den Fliesen.
Falscher Alarm. Der Kopf fällt über die Knie nach vorn, Haarspitzen staksen am Boden herum und kitzeln die Fußrücken. Da saust der Sitz unter ihrem Hintern davon wie ein Waggon auf der Hochschaubahn, mit beiden Händen klammert sie sich an der Klomuschel fest.

Wenig später schwebt Kat draußen über den warmen Fliesenboden. Die Pinke hat sich gesetzt und führt jetzt ins Watteland, wo alles flauschig ist, der Sound gedämpft, die Bewegungen wie in Slow Motion. Die plätschernden Wasserfälle der Fake-Felswand wirken beruhigend. Ihr Bademantel duftet nach Nelken, sie breitet sich auf einer Liege aus und lässt den Blick schweifen.
Für einige köstliche Momente gleichen sich die Welten vor und hinter den Augen bruchlos. Sämtliche Steinchen haben den richtigen Platz im Mosaik eingenommen. Ob organisch oder anorganisch, die Elemente in Raum und Zeit sind ausbalanciert. Jedes Teilchen spielt seine Rolle auf hervorragende Weise. Das Universum strotzt vor Harmonie. Ihr Körper ist schmerzfrei und im Fluss, bereit, kräftig und flexibel, als Bogen einsetzbar. Jetzt wird jeder Impuls ins Schwarze treffen.
Durch die weite Glasfront leuchtet das Außenbecken einem türkisfarbenen Seidenband gleich. Wasserdampf steigt in die Frühlingsluft. Mehrere Hälse treiben dort umher und auf jedem einzelnen prangt, wie könnte es anders sein, ein Menschenkopf. Seltsam steif wirken diese Köpfe mit

einem Mal! Holzgesichter, in denen sich die Mundschlitze marionettenhaft öffnen und schließen. Um den Anblick dieser hässlichen Sprachklappen loszuwerden, dreht Kat sich in die Rückenlage und stiert zur Decke hoch.
Als sie aufstehen will, bewegt sich ihr Körper keinen Zentimeter. Wie paralysiert liegt er da, als wäre die Schwerkraft erhöht. Gerade heute muss die Pinke einen Pakt mit der vierten Dimension eingehen? Gerade jetzt muss sich die Zeit aus dem Raum schälen und sie mit ihrer tödlichen Zunge traktieren? Während Kat nach und nach von Dreckshauch eingehüllt wird, versucht sie hinter den geschlossenen Augenlidern zu verschwinden. Nur kein Gewicht anhängen, dem sabbernden Ding!
Die Haupthalle des Bads weist ein enormes Volumen auf, die Decke liegt viele Meter weit entfernt. Speicheltropfen landen links und rechts neben Kats Liege auf den Fliesen und schließlich auf ihrem Bauch. Die Zeitzunge fährt über sie, von den Füßen hoch bis zur Stirn, und hinterlässt dort eine scheußlich stinkende Spur.
Sobald sich die Lähmung gelöst hat, reißt sich Kat den Frotteemantel vom Leib und läuft zum kalten Sportbecken, um das Erlebnis zu vergessen.

Nach dieser Erfrischung führt ihr Gang durch die Reihen der Liegen, wo die zwei Spargel von vorher mit offenen Lippen und Kopfhörern schlafen. Es gefällt ihr, wie selbstverständlich die jungen Burschen ihre organisch gewachsene Konstitution verstrahlen. Im Schlaf besonders. Der eine mit Ständer unter dem Handtuch.

Gleich darauf springen ihr weitere Geschlechtsteile ins Auge. Sie gehören zu einem Mann mit angegrautem Haar. Ein Stück seiner Hoden lugt zwischen Badehose und Oberschenkel hervor. Diese dünne, glatte, rötlich spiegelnde Haut passt gar nicht zur gebräunten Oberfläche des restlichen Körpers. Seine Beine sind deformiert. Der Liegende umfasst den Knauf eines Gehstocks in der Rechten, als hielte er sich jederzeit zum Sprung bereit. Plötzlich schnappen seine Lider auf! Die Augen ruhen wie geschälte Eier in den Höhlen, nur ein schwarzer Punkt sticht daraus hervor.

Der Zufall bringt manchmal komische Elemente ins Spiel. Auf der Theke des Buffets sind nämlich ein paar übriggebliebene Ostereier zum Verkauf ausgelegt. Knallig bunt und poliert. Kat nimmt gleich drei – die Schalen lösen sich in großen Stücken samt der zarten Haut – und verschlingt sie. Die Verkäuferin bedauert, dass die Eis-Lieferung noch immer nicht eingelangt ist.
Die Versuchung, aufs Neue eine Line Pinke zu schnupfen, ist groß, aber Kat schafft es, mit leeren Händen zum Klo zu gehen, und zieht dort ihr Handy aus dem Bademantel hervor. Sisi hat ihre Nachrichten noch nicht gelesen. Wo steckt sie nur? Fluchend und weinerlich steht Kat vorm Spiegel. Sie fühlt sich ausgelaugt. Ihrem Spiegelbild ist es nicht anzusehen, aber die Schmerzen haben sich seit ihrer Ankunft in Bad Aussee verstärkt. Ihre Muskeln an Hals und Kiefer verkrampfen sich unversehens, die Gelenke sind schwer und brennen. Bleibt nur zu hoffen, dass der Skorpion sie nicht vorzeitig zurückruft. Jedes unnötige Hin und Her zehrt.

Kat beschließt, in die Solegrotte des Bads zu gehen. Ein düsterer Raum, wie sie vorhin gesehen hat, in dem Menschen ihre Glieder über Schwimmnudeln hängen, ziellos im Becken treiben und der Musik aus Unterwasserlautsprechern lauschen. Als Kat die Klotür öffnet, ist der Gang davor dunkel, und warmes Wasser dringt an ihre Zehen. Sie wendet sich nach rechts, wo die Haupthalle liegen sollte. Aus dieser Richtung sind Stimmen zu hören und feine Lichtstreifen zu sehen. Während sie vorwärts tappt, fällt der Fliesenboden merklich ab. Kat muss durch immer tieferes Wasser waten. Nach wenigen Metern erkennt sie die Umrisse eines niedrigen Durchgangs. Ein Metallrahmen, an dem eine Reihe schwarzer Gummimatten befestigt ist. Die Enden der rechteckigen Gummiteile ragen ins Wasser hinein und durch die Fugen dringt Licht. Das Ganze wirkt wie ein harmloser Übergang zwischen Innen- und Außenschwimmbecken, doch Kat weiß, was sie da vor sich hat – ein Zeichen der Ungeduld vonseiten des Skorpions. Umzukehren und einen Weg zurück ins Solebad zu finden, wird nicht möglich sein, also taucht sie halbherzig unter dem Gummi durch. Nach wenigen Schwimmzügen stößt ihr Kopf gegen Gestein.

An Sauerstoffmangel leidet Kat nicht, aber der Riffspalt, in dem sie jetzt steckt, ist beengend. Er läuft nach oben und unten keilförmig zu und bietet kaum Platz für eine Drehung um die eigene Achse. Immerhin dringt über ihrem Kopf ein wenig Sonnenlicht ein, und an einer Stelle vor ihr wirkt die Öffnung breit genug, um den Körper

durchzubringen. Das Wasser außerhalb des Spalts ist von einem schlammigen Graugrün, das keine Differenzierungen zulässt, keine Formen enthüllt. Vielleicht gibt es tatsächlich nichts als Wasser zu sehen. Kat überlegt, wie sie vorgehen soll. Wenn der Skorpion nicht zu mir kommt, muss ich mich wohl herauswagen, um ihn aufzustöbern.
Den Kopf hat sie bereits durch die Öffnung geschoben, als unvermittelt ein Donnern den Hang erfasst. Reflexartig zieht sich Kat ins Innere zurück und schon prallt in nächster Nähe etwas mit Wucht gegen den Felsen. Das Krachen erschüttert Kats Trommelfell, und dann – Stille. Mit pochendem Herzen hängt sie vor der Öffnung, während draußen ein ausgedehnter Schatten vorbeizieht. Eine stählern wirkende Oberfläche ist zu erkennen.
Die Stille wird wieder durchbrochen. Das Poltern und Donnern im Riff setzt sich erneut in Bewegung. Aus wechselnder Entfernung dröhnt rhythmisch der wummernde Hall durchs Gestein und seine Höhlungen. Als das Monstrum direkt neben ihr entlangschrammt, entsteht ein ausgedehntes hohes Kratzgeräusch. Ein Fischleib mit verschaltem Schädel, an dem grobe Kerben zu sehen sind! Durch sein aggressives Verhalten reißt der Fisch Kalksteinbrocken und Korallenteile mit, die im langsamen Fall zu Boden gehen. Schleimige grüne Algenklumpen werden in ihren Felsspalt hineingeschwemmt, der Wasserdruck treibt Kat gegen die Klingen des Steins.
Jetzt geht der gepanzerte Fisch dazu über, den Fels direkt bei ihrer Öffnung zu rammen. Er will eindringen. Aber sein Kopf ist viel zu breit, um sich hineinzuzwängen.

Die Schnauze mit den enormen Kiefern erinnert an eine Muräne. Im Vergleich zum Körper sind die Augen winzig. Der Bauch glänzt silbern, der Rücken dunkelrot. Richtung Schwanz hin biegt sich die Wirbelsäule nach oben und die Flosse dort ähnelt der eines gigantischen Störs. Immer wieder dieser Schädel, Stoß um Stoß gegen die Felsöffnung, aber das Gestein hält stand, bis der Fisch aufgibt und verschwindet.

Alle Lebewesen in der Umgebung sind von Schockstarre erfasst, auch Kat traut sich nicht aus dem Spalt und verflucht den Skorpion.
Durch den Schlierenschleier sind ihr die eigenen Hände, der Bauch, die Beine fremd. Benommen starrt sie auf ihre Arme, wo sich zwischen den Härchen einzelne funkelnde Sandkörner verfangen haben. Aus der schmalen Felsöffnung über ihrem Kopf streuen fünf konische Lichtsäulen abwärts und leuchten einzelne Bereiche im Spalt besonders aus. Die Formen der Farbsprenkel betrachtend wird Kat bewusst, bis zu welchem Grad der Tätowiermeister Inspiration aus Gesteinsoberflächen zieht. Ihr Körper passt perfekt in die Landschaft hier.
Den Zacken der Wände entgeht sie, indem sie völlig ruhig bleibt. Kat schließt die Augen und Bilder tauchen auf. Ihre Mutter auf dem Fahrersitz eines Autos summt vor sich hin, draußen ziehen Felder, Wiesen und Vierkanthöfe vorbei, die Großmutter steht vor ihrem Beet mit schwarzen Tulpen, Sisis Lippen öffnen sich. Will sie etwas sagen, oder …? Plötzlich sieht Kat sich selbst,

wie sie am Nacken gepackt wird und eine Hand ihren Mund zuhält. Spitzes bohrt sich in den Rücken. Kat reißt die Augen auf, wirft sich in der Enge herum und ihre Tränen treten ins Wasser über. Was, wenn der Skorpion sein Wort nicht hält? Lächerlich, nein. Aus den Wunden am Rücken steigen gerippte Blutfäden Richtung Sonne auf, und vor der Felsöffnung erscheint der Meister. Mit schwarzen Kugelaugen lugt er zu ihr hinein.

Ekaterina: Ich bin eingeschlossen!
Seeskorpion: Das weiß das gesamte *Rififi*.
Ekaterina: Warum haben Sie mich alleine in dem Spalt gelassen?
Seeskorpion: Eine *Fehlerzahl* ist unterlaufen. Mein *Spaltleder* war nicht eben nebenan. Wo sind die zwei *Eisenacherinnen*?
Ekaterina: Das war ein Panzerfisch, oder? Er wollte mich angreifen!
Seeskorpion: Nein, das sind nur die üblichen *Ritze* des *Pachtgelds*. – Also?
Ekaterina: Die von Ihnen gewünschten Eissorten gab es leider nicht. Ich musste auf die Lieferung warten. Sie war noch nicht eingetroffen, und als sich die Schleuse öffnete, war auch der *Wortführer* nicht zur Hand. Aber wir haben sowieso unterschiedliche Bücher. *S+7* funktioniert dann ja nicht.
Seeskorpion: Bitte sparen Sie sich die langen *Redegewandtheiten*. Ich schicke Sie nun zurück. Ohne *Eisenacherinnen* kein weiterer *Tätsch*.

Kat lässt den Kopf hängen, hat aber keine Wahl. Sie ist von der Gunst des Skorpions abhängig. Nur seine verdammten Kugelaugen sehen, wo noch Pünktchen fehlen. Die letzten Monate zeigten deutlich, dass seine Arbeit effektiv ist. Je weiter die Tätowierung voranschreitet, desto schwächer werden die Schmerzen. Von den Tabletten loszukommen, wird ihr, nachdem die Haut vollständig blau ist, bestimmt gelingen. Aber warum äußert der Meister diese überdrehten Wünsche? Weshalb ist gerade dieser Riesenskorpion mit seinem roten Kopf und den roten Scheren dazu auserwählt, sie zu heilen?
Der Meister zwickt sie wieder in den Oberarm, die Felsen zerbröseln und Fliesenwände werden erkennbar.

*

Spinnst du? Warum hast du ihr dein Butterfly gegeben?
Dafür haben wir jetzt eine Schachtel Pinke. Los, wir werfen uns was ein.
Wo ist das Bier?
Vielleicht kommt sie noch einmal zurück. Sie ist schon der Hammer, oder?
Ja.
Und das Blau fährt total.
Total.
Die ist so rad. Ich halt's nicht aus. Glaubst du, kommt sie noch einmal zurück?
Halt die Klappe! Sie ist da.

Während Ekaterina die Halle vom Buffet her quert, endlich zwei Eisboxen in den Händen, verdeckt der Bademantel ihre Schnitte und Schrammen. Die Blutungen aus den Wunden auf Rücken, Schultern, Armen und Füßen konnte sie mit einem Handtuch stoppen.
Was gaffen die Leute so blöd! Das Butterfly-Messer in der Bademanteltasche zieht am Frotteestoff und klopft mit jedem Schritt gegen den rechten Schenkel. Dauernd fallen ihr die langen Haare in die Augen und die blaue Haut hängt ihr jetzt zum Hals raus. Seit der Skorpion Kat wieder ins Hallenbad zurückexpediert hat, könnte sie hier im Bad alles zertrümmern. Am liebsten würde sie die wertvollen Eisschachteln Richtung Glasfront schleudern – Zuckerguss! –, damit wenigstens die Gesichter im Außenbecken verschwinden.
Missmutig wirft sie sich auf die Liege. Auf keinen Fall darf sie sich wieder eine Pinke reinziehen. Ihre Rechte umfasst das Messer. Die Eisboxen und den idiotischen Wortführer hat sie in einen Plastiksack gesteckt, der jetzt auf den Oberschenkeln liegt. Wann ruft sie endlich der Skorpion?
Mit einem Mal stehen die jungen Burschen grinsend und zappelnd vor ihr und fragen, ob sie sich neben Kat setzen dürfen. Der Brünette, aus der Nähe gar nicht so spargelig, kommt eigentlich aus Wien und stellt sich als Fabian vor. Er ist selbst Sänger und spricht seine große Bewunderung für Polly X aus. Der andere, von dem sie das Messer hat, heißt Hannes und ist Schlagzeuger. Die Buchstabentattoos auf Schläfen und Stirn machen sich

gut. Den Bandnamen versteht sie nicht, weil Hannes' Zungenschlag beeinträchtigt ist. Außerdem hat er einen Tick am rechten Auge, der ihre Aufmerksamkeit abzieht. Es ist okay, dass die beiden sie aus ihrer Bahn rausholen und über Musik sprechen. Fabians lachendes Gesicht, das lange Haar, turnt sie sogar an. Diese seidige gebräunte Haut! Sie möchte seinen Arm berühren. Das würde sie beruhigen.

Euer Flow ist einfach nicht zu überbieten.
So fett, echt! Wir feiern Polly X voll.
Im Vergleich lahmt unser Scheiß noch.
Euer letztes Album groovt am geilsten!
Beim Autofahren vor allem – echt Hammer!
Einfach extrem radikale Frauen seid ihr!

Hannes hält ihr ein Bier hin. Sein Arm ist mit Schnittwunden übersät. Auf der Dose liegt eine Pinke. Das Fünf-Millimeter-Scheibchen blinzelt ihr zu.
Den ersten Rückstoß überdauert Kat mithilfe sanfter Plaudereien. Dann schweben sie gemeinsam im Watteland. Die Liegen sind so federnd wie Luftmatratzen, die Handtücher weichgespült, der Sound gedämpft und alle Bewegungen vorhersehbar. Die jungen Männerstimmen harmonieren mit dem Geplätscher der künstlichen Wasserfälle, und der Nelkenduft streicht letzte unnötige Gedanken aus.
Weit hinter dem Außenbecken zeichnet sich majestätisch ein Hügel ab. Wasserdampf steigt in die Frühlingsluft und

umfängt die Köpfe der Menschen. Kat beobachtet ihre Lippenbewegungen, bemerkt das Auf- und Abtauchen und Lachen zweier Kinder. Doch nach und nach erstarren wieder erste Gesichtszüge, und bald schaukeln nur noch Holzhäupter auf Steckenhälsen. In den harten Visagen flattern die Augenlider, und die Mundschlitze klappen auf und zu. Marionetten auf Speed. Blaue Zungenbänder rollen sich im Wechseltakt aus und ein. Fliegenköder mit klebrigen Sprüchen, die ihre Umgebung behexen wollen. Voller Abscheu dreht Kat sich weg. Sie will aufspringen, aber ihr Körper bleibt reglos auf der Liege.

Gleich wird sich die Zeit wieder auf unheimliche Weise über den Raum hermachen. Kat ermahnt sich selbst. Ruhe! Nimm dich zurück, häng ihr nur ja kein Gewicht an.

Während sich das Zeitmaul aus den Dimensionen des Raums herauslöst, konzentriert sich Kat auf einen immer kleiner werdenden Punkt hinter den Augen und versucht, die Speicheltropfen zu ignorieren. Obszön klatschen sie auf den Fliesenboden, begleitet von rhythmischem Hecheln und Lecken. Eigentlich ist dieser grobe Vorgang des Abriebs ein allgegenwärtiger, das ist Kat klar. Normalerweise blenden Lebewesen solche Wahrnehmungen aus, sie würden sonst verrückt vor Überreizung.

Anscheinend war sie weggesackt. Draußen dämmert es schon, die Halle ist beinah leer. Der Bademeister klappt lautstark die Liegen zusammen und zischt – Badeschluss! Die Spargeln sind fort, aber sie haben einen Zettel mit dem Namen ihres TikTok-Accounts hinterlassen. Benommen streift Kat Richtung Umkleiden, wo sie schließlich begreift, dass sie die Nacht hier wird verbringen müssen. Der Skorpion hat das Narzissenbad als alleinigen Übergangsort genannt. Darum bleibt ihr nichts anderes übrig, als zwischen Kästchen und Boden gezwängt abzuwarten, bis im Bad alle Luken dicht gemacht werden und sich der Parkplatz leert.

Im Finstern geistert ihre Gestalt zur Haupthalle, in der Mondlicht durch die Glasfront nach innen dringt. Die Stille im Solebad ist keine echte. Die Filteranlagen und Heizsysteme der Becken sind zwar ausgeschaltet, dafür ist das Sirren der Wanduhren ringsum wahrnehmbar. Unter der viele Meter entfernten Decke mit den schrägen Holz- und Metallträgern wirkt Kats Figur verloren und ziellos. Der Plastiksack mit den Eisboxen, den sie ständig mit sich trägt, raschelt und das Patschen ihrer nackten Füße am Fliesenboden hallt übertrieben wider.
Den ruhigen Wasserkörper des Familienbeckens betrachtend überlegt Kat, wie sie ins versperrte Buffet gelangen könnte. Ihr ist schlecht vor Hunger. Doch als sie vor der Glastür steht, lässt sich diese ganz einfach öffnen.
Schon greift sie nach dem erstbesten Sandwich aus dem Kühlfach. Die Finger krallen sich ins Weizengebäck, ihre Zähne reißen an dem Ding und sie würgt die trockenen Brocken runter. Danach holt sie sich einen Almdudler und Müsliriegel vom Schanktisch. Ihre Suche nach einem Flaschenöffner wird von einem bizarren Schimmern am

Parkplatz unterbrochen. Es lockt sie zur Fensterfront des Buffets. Kurz beschleicht Kat die Angst, dass sich Polizei nähern könnte. Gibt es im Bad nach Betriebsschluss eine Videoüberwachung?
Aber es zeigt sich kein Auto, sondern ein seltsam irisierender Ölfilm, der sich in einer kurvigen Doppelreihe über den Asphalt zieht und langsam heranschlängelt. Kat erstarrt, als sie darin eine menschliche Gestalt erkennt. Ein Mann, der sich auf einen Stock stützt. Hologrammartig, schlingernd geht er auf die trennende Glasfront zu. Gekrümmte Beine, aufgesetztes Grinsen im Gesicht. Aus den weißen Augen visieren sie zwei schwarze Punkte an. Ein Arm streckt sich aus und klopft mit dem Stock hart gegen die Scheibe. Kat taumelt gegen einen Tisch. Die Scheibe springt nicht, dafür platzt aus einer Wand im Buffet Wasser hervor. Der eindringende Schwall reißt ihr die Füße weg. Sie wird über den Boden geschleudert und wie ein Spielball gegen Tische und Stühle geknallt.

dunkleosteus

zufällig hatte ein fischembryo nicht nur augenringknochen, sondern auch gewebe für einen unterkiefer ausgebildet. die kiefermäuler waren groß im kommen. nein, die kiefermäuler waren längst da! viele millionen jahre lebten sie bereits erfolgreich neben den kieferlosen her. der mächtigste kiefer gehörte dunkleosteus terelli. dieser größte aller panzerfische hatte ein maul mit einem durchmesser von einem meter und war einer der ersten, die ihre beute einsaugen konnten. er öffnete das maul – schwupp, und der fisch war weg! zerkauen war mit dem riesenkiefer nicht möglich.

zu dieser zeit wurde von einem dunkleosteus-weibchen auch die innere befruchtung erfunden. nachdem sie die männlichen klaspern in sich aufgenommen hatte, verschmolzen in ihrer gebärmutter ei- und samenzellen miteinander. die kleinen panzerfische kamen ohne eihüllen zur welt – schwupp, und sie waren da! drei neugeborene, die an nabelschnüren im warmen wasser hingen und hungrig auf schleimaale und neunaugen blickten.

manchmal war es unter wasser laut. kontinente schrammten aneinander, gebirge falteten sich auf, tiefe gräben klafften. jaekelopterus und andere skorpione hatten sich in riffspalten geflüchtet, bellerophon den fuß eingezogen, muscheln ihre schalen geschlossen, und das kind kauerte in einer felsnische. ein trübestrom wälzte sich hangabwärts. endlose schlammmassen begruben röhrenschwammfelder und zerstörten gesamte korallenkolonien. viele lebewesen wurden gegen das riff geschleudert. zangen, klauen, scheren, borstenbeine, greifarme, panzer und schalen brachen und landeten im schlamm.

als sich aller schlamm abgesetzt hatte, begaben sich diejenigen auf nahrungssuche, deren schalen nicht zerbrochen, deren leiber nicht entzweigerissen waren. seegurken, borstenwürmer, haarsterne und seespinnen bevölkerten wieder die oberfläche des bodens. sie zeichneten schlingen und zacken zwischen die bruchstücke und sonderten ihren kot ab. bellerophons fuß quoll hervor und das kind streckte seinen arm aus. etwas glitzerndes ragte aus dem schlamm.

In der Dunkelheit eingeschlossen. Absolute Stille. Um ihren zerdroschenen Körper herum wieder warmes Wasser und kantiges Gestein. Der Felsspalt von vorhin ist das nicht, das bemerkt sie bald. Diese Aushöhlung hat ganz andere Ausmaße. Drei Schwimmtempi horizontal, eine knappe Körperlänge vertikal. Ekaterina ruft nach dem Skorpion und hofft, dass ihre Augen irgendwo Strukturen aufgreifen. Bei genauer Betrachtung finden sich einzelne Risse, durch die von außen hauchfeine Lichtspuren dringen, und Kat nutzt sie, um die aufsteigende Panik zu dämmen. Die zwei Eisboxen schweben im Wasser und stoßen periodisch gegen ihre Rippen, das Plastik des Sacks hat sich wie eine zweite Haut angelegt. Der Meister, denkt Kat, will sich das Eis sicher nicht entgehen lassen! Er wird bald da sein. Er wird ganz bald da sein! Als die Skorpionstimme direkt neben ihrem Ohr einsetzt, erschrickt sie trotzdem.

Seeskorpion: So, jetzt geben Sie aber den *Warenexport* her. Die *Eisenacherinnen* schmelzen sonst noch in der *Zwitterblüte*.
Ekaterina: Hier, bitte. Leider gab es kein *Pistoia* mehr. *Hasenherz* und *Vanillestange* habe ich gekriegt, *Erdbewohnerin* ist auch dabei. Ich habe extra nachgeschaut, wie das bei Ihnen heißt.

Kat händigt dem Meister die Eisboxen aus. Anstatt den Deckel abzunehmen, schneidet der Skorpion mit den Scheren gierig eine Box in der Mitte durch und beginnt zu schmatzen. Kat kann Haselnuss- und Erdbeereis im

Salzwasser schmecken. Nachdem auch die zweite Box geöffnet ist und das Wasser in der Höhle langsam einer Zuckerrahmlake gleicht, versucht Kat, an Informationen heranzukommen.

Ekaterina: Könnten Sie mir sagen, wie oft ich noch erscheinen muss?
Seeskorpion: Sie sind ungeduldig, und ich habe eine *Auftragsbestätigung* zu erfüllen.
Ekaterina: Wie viel fehlt noch?
Seeskorpion: Wenn Sie mir jetzt Ihre *Körperertüchtigung* darbieten wollten, damit ich den neuen *Tätsch* stechen kann … Danach nenne ich Ihnen den *Prozessbericht* der fehlenden *Bereitschaftsärzte.*
Ekaterina: Wie soll ich mich also drehen?
Seeskorpion: Mit Ihrer *Rückenmarkentzündung* zu mir.

Nachdem sie den Frotteemantel geöffnet und den Badeanzug bis zur Hüfte hinuntergezogen hat, beginnt der Skorpion mit dem Tätowieren. Ein leiser und schmerzhafter Vorgang, bei dem er seinen Zweieinhalb-Meter-Leib an sie anschmiegt. Die großen flachen Chitinringe und die spitzen Extremitäten auf der Haut zu spüren, ist kein Vergnügen. Sein Kopfschild befindet sich zwischen ihren Füßen, der Stachel rechts am Nacken. Draußen am Riff beginnt unterdessen wieder das Rumoren und Poltern. In der Höhle setzen sich die Aktionen der Panzerfische mit dumpfem Hall ab. Davon unbeirrt tätowiert der Skorpion weiter. In den kurzen Sequenzen der Stille schnarrt er undeutlich vor sich hin. Es sind nur die gewohnten *Ritze* des *Pachtgelds*. Nur die gewohnten *Ritze* des *Pachtgelds* …

Die Riesenfische halten die zugespitzten Knochenplatten der Mäuler fest geschlossen, während ihre Kopfpanzer ganze Korallenstöcke entlang des Riffs brechen. In wechselnden Geschwaderformationen preschen ihre Leiber dahin und erzeugen ineinanderkurvende Melodien. Manchmal entfernt sich ein Fisch aus der Gruppe, um in einem unerwartet stumpfen Winkel die Felswand zu rammen und womöglich einen Rivalen abzudrängen. Die Tiere nehmen Brüche in der Kopfverschalung und Verletzungen der ungeschützten Flanken in Kauf. Ihre Schädelpanzerungen sind von tiefen Kratzern durchzogen. Zwischen den Schuppen tritt Blut hervor.
Ritze des *Pachtgelds?,* fragt Kat. Was bedeutet das, verdammt noch einmal? Können Sie nicht mit dem blöden *S+7* aufhören? Da fährt der Meister wild herum, seine wütenden Gliedmaßen laufen über Kats Bauch und Brust.
Scheiß auf *ULLIPO!,* ruft Kat. Und scheiß auf *Georges Pretek,* oder wie der heißt!
Wie bitte?, antwortet der Skorpion. Ich muss mich verhört haben!
Zur gleichen Zeit bricht ein massives Krachen aus dem Stein direkt bei ihren Köpfen hervor. In der Höhle poltert etwas Schweres herab. Kat rollt sich ein und entkommt dem berstenden Material, aber der Skorpion wird getroffen. Aus seinem Maul dringt ein schrilles Quietschen.
Meister?

Durch die Erschütterung ist eine handgroße Öffnung zur Höhle entstanden. Bald gewöhnen sich Kats Augen an das einfallende Licht, und die Figur des Tätowiermeisters löst sich vage aus dem Hintergrund heraus. Ein Felsbrocken, groß wie ein Autoreifen, liegt auf seinem Rückenschild. Die Kopfklauen und Gliederfüße rudern vergeblich, der Schwanz windet sich von einer Seite zur anderen. Kat wird von Panik ergriffen. Der Meister darf nicht sterben! Ich komm hier alleine nie wieder raus! Ich muss einen Weg finden, den Brocken zu bewegen.

Die Beine gegen eine Wand gestemmt, gelingt es ihr nach mehreren Anläufen, den Stein vom Skorpionrücken zu rollen. Der Chitinring des Brustsegments ist seitlich durchgebrochen, und eine viskose Substanz tritt aus. Kat graust vor dem blauen Skorpionblut, sie muss ein Würgen unterdrücken. Aus dem Maul des Meisters dringen unterdessen kaum verständlich ein paar Anweisungen. Schwarzen Bandseetang, ächzt er, vom Grund vor der Höhle holen – ja nicht den Blasentang! – und damit die Wunde verbinden.

Abgesehen davon, dass Kat Angst hat, den Panzerfischen zu begegnen, ist das Loch im Fels gar nicht groß genug, um nach draußen zu gelangen. Da kommt ihr das Butterfly-Messer in den Sinn. Kat findet es in der Tasche des zerfetzten Bademantels, klappt es auf und rammt die Spitze der Klinge in Vertiefungen rings um die Öffnung, wo sich vielleicht etwas lockern könnte. Tatsächlich sitzt das Material teils lose und lässt sich heraushebeln. Sobald das Loch Schulterbreite hat, scannt Kat das Wasser vor der Höhle nach großen Fischen ab. Seit der großen Erschütterung war von draußen nichts mehr zu hören gewesen. Die Sicht ist schlecht. Noch haben sich die abgerissenen und aufgewirbelten Teile nicht vollständig abgesetzt. Am Riff selbst aber zeigen sich die Wege der Fische in horizontalen Striemen.

Kat gibt sich einen Ruck, zwängt sich durch den Ausgang und taucht die Felswand entlang abwärts ins Düstere. Die Strecke bis zum Grund erscheint ihr weit. Während Kat den Schlickboden abtastet, trifft sie zwischen Zerbrochenem bald auf gummiartige Stängel mit einer knotigen Struktur, aus der fünf lange Tangbänder hervortreiben. Beim Versuch, das Band abzuschneiden, gleitet es immer wieder aus den Händen. Das gesamte Gewächs aus dem Boden zu reißen, will ihr auch nicht gelingen. Es ist dort zu fest verankert. Schließlich klemmt sie den Stängel zwischen die Knie, schneidet durch den Knoten und staunt über sein wachsweiches Inneres. Beim Aufstieg Richtung Höhle hält Kat die Bänder so, dass sie wie ein Schweif hinter ihrem Körper wehen.
Wieder im Höhleninneren, findet sie den Verletzten schlafend vor. Ist das der Richtige?, fragt sie und hält den Seetang unter das Riechorgan des Skorpions. Das weckt ihn.
Gut, meint der Skorpion schwach, aber vor dem Verbinden noch die Wunde reinigen.
Das bei der Bruchstelle ausgetretene Blut ist zu einem dunklen faustgroßen Pfropfen geronnen, der wie eine

überdimensionale Zecke am Körper hängt. Kat löst die Substanz mit den Händen und schiebt den Klumpen durchs Felsloch nach draußen.
Beim Anlegen des Seetang-Verbands erscheint ihr der Skorpionkörper unerwartet breit. Bis das geborstene Brustsegment mehrfach umwickelt ist, wimmert der Meister ohne Unterlass. Um ihn von den Schmerzen abzulenken, fängt Kat leise zu summen an. Ihr Lieblingslied von Polly X mit der groovigen Bassline. Dem Skorpion scheint die Melodie zu gefallen. Nach einer Weile schläft er wieder ein und auch in Kats Glieder schleicht sich große Müdigkeit. Doch genau in dem Moment, als ihr die Augen zufallen, stöhnt der Tätowiermeister laut auf und äußert einen weiteren Wunsch. Ich brauche Panzerfisch-Plazenta, ächzt er. Mutterkuchen von den Riesen, die am Riff schürfen. Nur der Kuchen kann mich wiederherstellen.

Panzerfisch-Mutterkuchen? Warum brauchen Sie gerade den? Wie soll ich denn einen solchen Riesenfisch töten?
Sooft Kat auch nachfragt, sie erhält keine Antwort. Der Meister verharrt reglos wie ein Stein. Ist er bewusstlos? Mehrmals vergewissert sie sich, ob an seinen Kiemen auf der Bauchseite noch Bewegung wahrzunehmen ist. Schließlich legt Kat sich dich neben den Skorpion, die Hand in der Zirkulation des Atemwassers, um sofort reagieren zu können, falls diese abbricht. Er lebt, sagt sie dabei immer wieder zu sich selbst. Er lebt.
Mehrere Stunden vergehen. Durch Kat kriechen abwech-

selnd Wut, Verzweiflung, Hoffnung und Wagemut. Auch undeutliche Vorstellungen davon, wie sie einen Panzerfisch erlegen könnte, tauchen auf. Es sind wüste Bilder, die sie im Kampf mit einem der Riesen zeigen. Schlussendlich wird ihr Menschenleib aber mit einem Satz eingesaugt.
Erschrocken fährt Kat auf und weiß plötzlich eines mit Bestimmtheit – sie benötigt einen Gurt für ihr Messer, um die Hände frei zu haben.

Entschlossen verlässt sie den schlafenden Skorpion. Mittlerweile ist die Sicht besser. Der Meeresboden gleicht einem Schlachtfeld. Überall quellen zwischen den zerdrückten Schutzmänteln tote Tierleiber und Kränze voller Luftbläschen hervor. Kat wundert sich, dass die hingemetzelten Tiere bei ihr kein Mitleid hervorrufen, nur ein mächtiges Hungergefühl. Einen dieser Wabbelkörper löst sie zwischen den Splittern heraus. Das weiße Fleisch schmeckt sogar besser als das von Austern. Sofort sammelt sie weitere Muscheln vom selben Typus.
Das Muschelfleisch löst eine Art Euphorie aus. Kat gleitet, die Felshöhle im Rücken, über eine hügelige Sandlandschaft mit Schwammkolonien und Seegrasfeldern. In einiger Entfernung sind schon die nächsten Felsformationen zu erkennen. Dass die Panzerfische am ehesten zwischen schroffen Hängen wiederzufinden sein werden, liegt auf der Hand. Kat ist jetzt nämlich klar, was *Ritze des Pachtgelds* bedeuten soll – Rituale der Paarung. Die Aktionen an den Felswänden sind Teil der Fischbalz.

Vor dem Übergang in die Gebirgslandschaft entdeckt sie einen Algenstängel, der lang genug ist, um als Gurt zu dienen. Im Schutz einiger hoher Röhrenschwämme spleißt sie den Stängel in drei Teile. Geflochten und verknotet passt er perfekt um die Taille.

*

Den zerschlissenen Badeanzug hat sie längst abgeschält. Obwohl sie nackt ist, fühlt sich Kat mit dem Gurt und dem dort befestigten Butterfly-Messer unverwundbar. Ja!, denkt sie. Die Rettung des Tätowiermeisters ist möglich. Sobald er gesund ist, wird er mit seinem Stachel den Rest meines Körpers blau färben und danach erwartet mich völlige Schmerzfreiheit. Das Leben an Land wird schön, das Singen und die Arbeit mit Polly X können eine neue Dimension erreichen und bald – bald liege ich wieder in Sisis Armen!

Wegen der Nähe zur Wasseroberfläche erhellt das Sonnenlicht jedes Detail im grauen Fels, und die Konturen einiger hornförmiger Korallen treten hervor. Über ihren runzeligen Außenhüllen wehen in der Strömung gefiederte Fangärmchen. Derart anmutig sind die Erscheinungen bei der Futtersuche, dass Kat erst spät eine lose Wolkenformation entdeckt. Flache Skorpionkörper mit Ruderbeinen. Doch sie erschrickt kaum, inzwischen sind ihr diese Gestalten vertraut, und der Schwarm zeigt ohnehin kein Interesse an ihr. Zügig verschwindet er hinter einem Felsen, und Kat beschließt, den Tieren zu folgen. Um einen möglichen Angriff abwehren zu können, reißt sie einen langen Röhrenschwamm aus der Riffwand. Anscheinend gehören diese Skorpione einer anderen Spezies an als der Meister, denn ihre Körper sind um etliches kürzer und wendiger.

Nach einer Weile erhöht sich das Tempo des Schwarms und Kat bleibt zurück. Sie wird müde und ihr Bauch kommt hier und dort mit den Spitzen des Gesteins in Berührung. Die Skorpione bilden jetzt nur noch Punkte in der Ferne. Beinah möchte sie aufgeben und nach einem Unterschlupf suchen, als der Fels unvermittelt abfällt und weit unten in ein ausgewaschenes Becken mündet. Kat folgt der Steilwand und taucht tiefer und tiefer. Am Boden der Senke entdeckt sie weit hinten, vor der Begrenzung durch die nächste Felswand, wieder die Skorpion-Pünktchen. Sie kreisen über einem kupferfarbenen Etwas. So schnell wie möglich gleitet Kat voran und beobachtet unterdessen, wie sich die Leiber zu einem Knäuel verdichten, um plötzlich abwärts zu stoßen. Die Tiere lassen sich auf einer riesigen Fischleiche nieder. Ihre Beinzangen und Kieferklauen schneiden in die dicke Haut des Fischs. Es ist einer der Kolosse, die vor der Höhle des Tätowiermeisters ihre Paarungsrituale ausführten.
Verblüfft über diesen Zufall überlegt Kat, wie sie die Skorpione loswerden könnte. Als sie mit dem Röhrenschwamm in den Wust an Zangen und Beinen sticht, heften sich die Tiere zunächst noch hartnäckiger an ihre Beute. Doch

dann versucht es Kat mit Rufen und Schreien, was eine erstaunliche Wirkung erzielt. Die Skorpione winden sich vor Unbehagen. Vor allem schrille Töne scheinen ihnen zuzusetzen. Sie huschen zu den Seiten weg, lassen sich auf dem Grund nieder und behalten Kat dabei im Auge.

Allein die Größe des Panzerfischs ist unfassbar. Sein harter Kopf ähnelt einer Maschine und die Flanken sind von tiefen Wunden überzogen. Mächtige Rippen blecken dort aus dem Fleisch hervor, während stellenweise schwarzes Blut wie Rauchzeichen aufsteigt. Kat bemerkt, dass die Skorpione die hintere Bauchdecke aufgestochen und mit chirurgischer Präzision ein Organ freigelegt haben. Es ist schwefelfarben und der Form nach sieht es wie ein menschlicher Uterus aus. Tatsächlich, denkt Kat. Ein Weibchen!
Da geht ein Zucken durch den riesigen Schwanz, er peitscht auf den Boden, sodass eine Sandwolke hochtreibt. Kats Körper wird von Adrenalin geflutet und durch den Rückstoß im Wasser Richtung Fischkopf gespült. Eine spiegelnde Scheibe erscheint unterhalb. Das Fischauge.
Mehrmals versucht das Panzerfischweibchen, den Kiefer zu öffnen, und sein Blick wandert zwischen Menschenfrau und Riffwand hin und her, als wolle es etwas mitteilen. Der silbrig gläserne Ring der Iris rund um die Pupille zieht Kat in den Bann. Von der Hornhaut des Fischauges wird das einfallende Licht sternförmig gebrochen und trifft auf ihre kleinen Menschenaugen.
Was …? Versuchst du … aber – dein Kind! Ich soll …? Verstanden!

In der Gebärmutter pulsiert es, als Kat mit den Händen zu ertasten versucht, wo und wie der Fötus darin liegt. Bald gewinnt sie eine Vorstellung von der Größe des Fischbabys. Zunächst bewirkt ihr Drücken und Schieben gar nichts, erst durch Stöße mit Ellenbogen und Füßen gelingt es ihr, die Masse im Inneren zu bewegen und Stück für Stück weiter in den Geburtskanal zu manövrieren. Dabei animiert sie das Wesen zu einem Schlängeln und Winden, bis endlich eine verkleinerte Ausführung der mütterlichen Schwanzflosse hervortritt und Torso und gepanzerter Schädel folgen. Von einer Blutwolke umgeben gleitet das Neugeborene auf sie zu und öffnet sein Maul. Schnell taucht Kat unter dem Tier durch, kappt die Nabelschnur und sieht das Fischbaby davonwedeln. Voller Stolz hantelt sich Kat am Mutterleib entlang nach vorne zum großen Auge, um zu berichten, aber die Augenscheibe ist nun matt und bewegungslos.

Da besinnt sie sich auf den Auftrag des Tätowiermeisters. Plazenta! Rasch zurück zum Geburtskanal!
Immer wieder wirft Kat Blicke ringsumher. Die Skorpione schwänzeln lauernd in der Peripherie. Eine echte Gefahr geht von ihnen nicht aus, doch die großen Räuber werden nicht lange auf sich warten lassen.
Im Blutwasser tappt Kat nach der Nabelschnur und zieht daran. Nichts rührt sich. Also tastet sie sich mit den Händen ins warme Innere der Gebärmutter vor. Bis zu den Schultern steckt sie bereits darin, als ihre Finger einen Gewebeberg zu fassen bekommen. Indem sie die Füße

gegen den Fischleib stützt und mit aller Kraft am Mutterkuchen zerrt, löst er sich und rutscht ihr entgegen.
Das Ding ist zu schwer für sie allein. Um es zu transportieren, muss sie ein Stück abschneiden. Während das Messer durchs Gewebe gleitet, tauchen am Rand der Felssenke bereits massive Schatten auf. Mit einem Stück, größer als ihr eigener Brustkorb, schwimmt sie davon und versteckt sich im nächstgelegenen Felsspalt.
Sobald Kat sich in Sicherheit weiß, beobachtet sie, wie vier Panzerfische auf den Kadaver losgehen und die ehemalige Gefährtin ausweiden. Mit ihren runden Mäulern zerfetzen sie den Körper und schütteln die Organe unter den Rippenbögen und der Bauchhaut hervor. Das Zerreißen von Gewebe und das Peitschen der Flossen erzeugen entsetzliche Geräusche. Bald quellen violette Darmschlingen aus der Flanke und breiten sich wie eine gigantische Halskette auf dem Grund aus. Magen, Milz und Gallenblase sind durchlöchert, die zwei Eierstöcke und Eileiter liegen ineinander verwickelt auf der leeren Gebärmutter und die weiß-blau gesprenkelte Schwimmblase schwebt wie eine Boje über einem Organ von der Größe eines Lamms – die Leber. Das scharlachfarbene Herz wirkt im Vergleich klein. Es wurde von einem der Räuber in die Höhe geschleudert und nähert sich jetzt dem Boden.

Als Kat nach dem Rückweg die Höhle des Tätowiermeisters erreicht, ist es dort düster und still. Seine Position ist unverändert und sein Leib wirkt wie mit dem Gestein

verschmolzen. Um den Mutterkuchen durch das Loch ins Innere zu bringen, muss Kat ihn erneut teilen. Das Wasser in der Höhle ist schon voll Blut, und sie hofft, dass der Geruch den Skorpion wecken würde. Aber es drängen nur lästige Aale zu ihnen, deshalb verstopft sie die Öffnung mit Gesteinsbrocken, bis gerade noch zwei fingerstarke Lücken bleiben. Unter diesen Lichtbedingungen ist es einigermaßen schwierig, ein weiteres Stück vom Kuchen zu säbeln. Als sie davon kostet, findet sie den Geschmack delikat und würzig. Behutsam berührt sie den Kopf des Verletzten, dann schiebt sie das Fleisch unter seine Riechorgane, zwischen die Kieferklauen.
Meister, der Mutterkuchen schmilzt förmlich im Mund!
Keine Regung. Kat überlegt, wie sie ihn zum Fressen animieren und möglichst zuversichtlich klingen könnte.
Er schmeckt wie Beef Tatar. Kosten Sie!
Wieder keine Regung.
Ängstlich rüttelt sie am Leib des Skorpions. Nein, es kann nicht sein. Es kann nicht sein!
Bitte wachen Sie auf!

Um sich zu beruhigen, geht Kat in ein Wippen über und beginnt, ein Lied zu singen, damit sie sich in der Dunkelheit nicht völlig verliert. Die Töne wackeln durch den verschlossenen Raum. Ein absurdes Schlaflied ist ihr in den Sinn gekommen. Beim Reim – *Die Venus wacht im Weltall über alles, was geschieht. Der Mond setzt seine Brille auf und glaubt nicht, was er sieht* – vernimmt sie ein kaum merkliches Glucksen aus der Richtung des Skorpions.

Sein Kopf hebt sich ein wenig und schwenkt zur Seite. Ihre Erleichterung dringt durch die Stimme hindurch und die letzte Liedzeile erklingt beinah hymnisch – *Und morgen, wenn du wach wirst, bring ich Frühstück an dein Bett.* Da öffnet er das Maul und die Klauen setzen sich in Bewegung. Malmgeräusche werden hörbar. Rasch schneidet Kat einen Vorrat an Filetstückchen aus dem Mutterkuchen, um sie ihm zu reichen.

Seeskorpion: Es im Hose. Feisch du mir gebe. Vate von ich Brude.
Ekaterina: Bitte jetzt normal reden. Nur keine Sprachspiele oder OULIPO oder sonst was! Das ist doch nicht lustig. Kommen Sie wieder zu Kräften? Hilft der Mutterkuchen? Ist es nicht unglaublich, dass ich ihn so schnell beschaffen konnte?
Seeskorpion: Ku-chen? Ku-chen?
Ekaterina: Er ist wirklich delikat. Ich habe auch davon probiert.
Seeskorpion: Dort von nach in du ich. Mir gebe. Das gut Kal.
Ekaterina: Was ist Kal?
Seeskorpion: Kal! Kal!

Kat muss eine gewisse Wut zurückhalten. In seinem Zustand wird der Riesenskorpion sie wohl nicht foppen wollen. Was ist los mit ihm? Wurde sein Kopf auch von einem Stein getroffen? Direkt nach dem Unfall hat er doch normal gesprochen.

Seeskorpion: Ku-chen?
Ekaterina: Bitte, ein weiteres Stück. Aber vielleicht sollten Sie nicht sofort eine derartige Menge …
Seeskorpion: Mehr!
Ekaterina: Wissen Sie, dort draußen gab es eine Horde Seeskorpione. Die waren aber kleiner, als Sie es sind, und bestimmt von einer anderen Spezies. Sie, Meister, sind ja Einzelgänger. Und – Sie werden es …
Seeskorpion: Mehr!
Ekaterina: Bitte sehr. Also, Sie werden es kaum glauben, aber ich habe der sterbenden Panzerfischmutter bei der Geburt geholfen. Ihr Körper war voller Wunden und die Skorpione haben …
Seeskorpion: Mehr Feisch und Kal!
Ekaterina: Hier, bitte. Leider weiß ich nicht, was Kal ist.

Als der Meister seinen Fressrausch beendet hat, liegt er wieder reglos da. Ab und zu tritt ein Wimmern aus seinem Maul.

Ekaterina: Haben Sie noch starke Schmerzen? Soll ich den Seetang-Verband wechseln?
Seeskorpion: Vuband? Saft ode Kal. Mir ich mir gebe.
Ekaterina: Irgendetwas ist mit Ihrem Sprachzentrum.
Seeskorpion: Strunk?
Ekaterina: Ich kann nur raten.
Seeskorpion: Und dann, ich trinke ich Kal, Saft war Blut ist.
Ekaterina: Mein Blut wollen Sie? Nein. Ihr Blut als Saft?

Seeskorpion: Ja ist.
Ekaterina: Dieses geronnene, das blaue … Soll ich also nachsehen und …?
Seeskorpion: Ist ja.

2
yoda perspicua

während die einen kiefer ausgebildet hatten, gab es andere, die schädellos geblieben waren. ihnen fehlte sowohl die knöcherne schädelstruktur als auch ein gehirn, eine wirbelsäule oder extremitäten. sie waren äußerst erfolgreich und bewegten sich, wenn überhaupt, schlängelnd fort. meist lagen sie im schlamm vergraben und streckten ihre vorderenden mit den geöffneten mündern hervor, um plankton und zerfallendes organisches gewebe aus dem wasser zu filtern.

die kieferlosen waren nicht schädellose und die schädellosen, obwohl sie keinen schädel besaßen, neumünder. während urmünder wie der ringelwurm immer nur den einen mund hatten, entwickelte sich bei den neumündern ein after aus dem urmund und der mund entstand neu. bei den urmündern aber bildete sich der after neu aus.

nur selten blieb eine kotspur erhalten. urmünder wie pfeilschwanzkrebse, seespinnen, trilobiten, schnecken und ringelwürmer bevölkerten den boden. gemeinsam mit den neumündern entwickelten sie eine schrift. doch ihre kriech- und kotspuren wurden vom gliederfüßer mimetaster verwischt. er war ein scheinstern und rückte immer in gruppen an.

der trilobit phacops rana betrachtete den vorgang durch seine facettenaugen. ausschnitte von beinen, antennen und sternförmigen körperschilden formten symmetrische muster wie in einem kaleidoskop.

bei den neumündern hatte sich ein after aus dem urmund gebildet. etliche von ihnen waren schädellose. sie lebten ohne gehirn, wirbelsäule oder extremitäten. auch der neumünder yoda perspicua hatte weder ein gehirn noch eine wirbelsäule, trotzdem war er kein schädelloser und auch er war erfolgreich. tag für tag fraß dieser frühe eichelwurm hundertfünfzig gramm sand, und nachdem er alles verwertbare herausgefiltert hatte, schied er das verspeiste in form einer spirale wieder aus.

das riff quoll über vor leben! der kohlendioxidanteil lag hoch, der sauerstoffanteil tief. die einen blieben erfolgreich, die anderen gingen langsam zugrunde.
der abstieg der trilobiten hatte längst begonnen. sie waren urmünder, aber ihre außenskelette boten zu wenig widerstand und die gegabelten hörner an manchen kopfschilden verstrickten sich in algen.

Im Ausseerland, das derzeit nur zu einem geringen Anteil unter Wasser liegt, gestalten sich die Dinge anders. Gerade stehen die Menschen an der Spitze der Nahrungskette und regieren die Erde mit ihren relativ gut ausgebildeten Augen, dem aufrechten Gang und der besonderen Beschaffenheit des Mund- und Rachenraums. Mithilfe der Stimmlippen und des Vokaltrakts formen sie präzise lautliche Äußerungen. Außerdem ermöglicht die Opponierbarkeit der Daumen gegenüber den restlichen Fingern den Pinzettengriff und somit den Einsatz von Werkzeugen.
Gunter Wlazcek, Polizeibeamter in Bad Aussee, benutzt Zeige- und Mittelfinger beider Hände zur Eingabe von Wörtern in den Computer. Er tippt die Vermisstenanzeige der Ekaterina Manos. Er hat noch nie von dieser Sängerin gehört und beim Blick auf ihr Passfoto schüttelt er den Kopf. Wie eine hübsche Frau sich so verunstalten lassen kann!
Die Anzeige wird bearbeitet, einzelne Medien berichten, und Polly X muss die kommenden Konzerte absagen. Gute Publicity – ja, aber Kats Freunde und die Bandmitglieder machen sich ernsthaft Sorgen. Sie ist schon ein paar Mal abgetaucht und in der Folge ein Stück blauer zurückgekehrt, doch inzwischen gibt es ja gar keine freien Flächen mehr, oder? Außerdem ist sie bisher immer rechtzeitig zu den Konzerten erschienen. Kat ist ein Arbeitstier. Den anstehenden Auftritt in Berlin würde sie niemals canceln.

Dort, wo Ekaterina sich befindet, regt nicht viel zum Nachdenken über ihre Karriere an. Polly X und das Leben draußen sind über die letzten Wochen bedeutungslos geworden. Der Skorpion hat Priorität. Das Berliner Konzert ist aus dem Gedächtnis verschwunden und geliebte Menschen sind Schatten geworden. Wenn ihr Musik abgeht, singt sie. In der Höhle im Riff ziehen Tage und Nächte vorbei und Kat dämmert schwerelos neben dem Meister, der schnauft und wimmert, mit der Zeit aber Verständliches spricht. Sie siezen sich weiterhin, darauf ist der Skorpion erpicht, trotzdem hat sich etwas Vertrautes zwischen ihnen entwickelt.

Das ergibt keine *Sinnergänzung*, kichert sie neben seinem Kopf. Er prustet, dann schmerzt ihn wieder die Flanke. Immerhin beginnt auch diese langsam zu heilen.

Nachdem der Mutterkuchen aufgegessen war, bemühte sich Kat um Aale, die aber schwer zu fangen sind. Bisher ist es ihr nur einmal gelungen, und das war ein bereits verletztes Tier. Ansonsten sammelt und knackt sie Seelilien und Muscheln für den Meister und sich selbst. Eine mühsame und unergiebige Arbeit. Viel effizienter ist es, die Gehäuse der fetten Riesenschnecken zwischen Steinen zu zerschmettern und die Splitter herauszulösen. Das Schneckenfleisch ist jedoch zäh und schmeckt bitter.

Eines Nachts lässt der Skorpion durchblicken, dass er vorhat, nach seiner Wiederherstellung gemeinsam eine Reise entlang der Riffe zu unternehmen, um im Anschluss die Tätowierung zu beenden. Eine Art Schock für Kat, die den ursprünglichen Grund ihres Aufenthalts hier unten sukzessive aus den Augen verloren hat.

Viele Stunden gehen dahin mit der Beobachtung des Lebens außerhalb der Höhle. Kat hat eine geeignete Lage gefunden, den Kopf in der Öffnung, aus der sie bei gutem Licht und geringer Strömung in einen großartigen tiefen Raum schaut. Die Panzerfischriesen haben sich nicht mehr hören oder blicken lassen. Zuweilen wird ihr flau in der Stille, dann kann Kat nicht mit Sicherheit sagen, ob sie noch existiert. Sich aus einem solchen Zustand selbst herauszuhieven, ist unmöglich. Zeit muss vergehen. Oder aber – der Skorpion drückt ihr Muschelschalen in die Hände. Er klopft – Tak-tak-tak – und nach und nach steigt sie in den Rhythmus mit ein. Das erste Mal war Kat erstaunt über den Skorpion. In seinem Stachelschwanz verbirgt sich ein ziemlicher Swing. Das hätte sie ihm nicht zugetraut, obwohl es eigentlich ganz logisch ist – seine Tätowierarbeit ist ja auch Perkussion.

Vor dem Rifffenster ziehen Scharen von Ammoniten vorbei. Die Kopffüßer wissen um die geringe Reaktionsgeschwindigkeit der neuartigen Kreatur in der Höhle. Sich ihretwegen in die gewundenen Gehäuse zurückzuziehen und die Kopfkappen überzustülpen, ist nicht der Mühe wert.
Diese Tiere durch das Wasser schweben zu sehen, leicht schwankend, den Auftrieb über den Gasgehalt in den oberen Gehäusekammern steuernd, bereitet Kat Vergnügen. Wie wendig und intelligent sie sind! Ihre wechselnden Körperfarben und -musterungen scheinen nicht nur der Camouflage, sondern auch der Kommunikation zu dienen. Zumindest drücken sie Emotionen aus. Mitunter

sind Duelle zu beobachten, die an Ringkämpfe erinnern. Davor werden die Ammoniten dunkelviolett und plustern sich wie Monster vor ihrem Gegner auf. Manchmal schwimmen auch Liebespaare vorbei, die Körper hellgrün mit ineinander verschlungenen Fangarmen.

Wenn weit über der Wasseroberfläche riesige Wolken die Sonne verdunkeln, ändern sich die Lichtverhältnisse abrupt. Dann wird Kat wieder bewusst, dass es dort draußen eine Atmosphäre gibt, Sonne oder Mond leuchten, sich vielleicht sogar Landmasse in der Nähe befindet. Der Gedanke, den Kopf an die Luft zu stecken, drängte sich ab und zu auf, aber ein körperlicher Unwille hielt sie jedes Mal davon ab. Ihre neue Rolle erfordert eine besondere, allein den Heilungsprozess abwartende Ruhe. Bis der Meister gesund ist und Kat aus dem Leben unter Wasser herauskatapultiert, wird sie hier eingesperrt bleiben. Diese innere Ruhe ist der einzige Weg, um sich in das reduzierte Dasein unter Wasser zu fügen. Irgendwo im Hinterkopf ziehen Warnsprüche vorbei, aber in den Phasen des gedankenbefreiten Dahinlebens liegt auch ein Glücksgefühl.

Hat sich Kats Bewusstsein nicht gleichzeitig erweitert? Sicherlich ist bei ihr der Hirnstamm, das sogenannte Reptiliengehirn, um etliche tausend Synapsenschlüsse gewachsen. Für die Ammoniten mag sie langsam und ungeschickt wirken, für ein menschliches Wesen ist ihre Unterwassermotorik jedoch sehr stark ausgeprägt. Der Körper ist flexibel und weich geworden. Bei den unterschiedlichen Positionen in der Höhle scheint das Knochengerüst an Bedeutung zu verlieren. Molluskenartig passt sie sich an die starren Felsformationen an. Ihre Haut ist aufgeschwemmt und an Händen und Füßen gerippt, dadurch entgleitet wenig von dem, was sie festhält. Nur Aale flutschen hindurch.

Mit seinen feinen Temperaturunterschieden, Strömungen und Färbungen treibt ihr das Meerwasser kontinuierlich neue Melodien zu. Sie haben ganz eigene Tonalitäten und Schwingungen. Wenn Kat vor dem Rifffenster hängt, in die Weite schaut und singt, achtet sie darauf, ob ihre Stimme Tiere anlockt oder gerade fernhält. Die Wirkung ist nicht klar ersichtlich. Wer auf jeden Fall reagiert, ist der Skorpion. Immer öfter versucht er mitzusingen. Das regt sie dazu an, nicht nur zu improvisieren, sondern ganze Lieder zu komponieren, die sie ihm beibringen kann. Dass der Meister ihren Hang zur Selbstaufgabe bemerkt hat und danach strebt, ihr Denkvermögen beweglich zu halten, ahnt Kat nicht. Er animiert sie nicht nur zum Komponieren, sondern verwickelt sie auch in seine Sprachspiele. Diese fallen Kat inzwischen schwer. Der Skorpion selbst erreicht auf dem Gebiet trotz der Müdigkeitsanfälle wieder Hochform.
In der Höhle hat der Meister begonnen, über die Wände zu kriechen. Zu schwimmen gelingt ihm nur über kurze Strecken, weil die Schmerzen in der Flanke noch groß sind. Erst zwei Mal hat er in Kats Begleitung die Höhle verlassen. Beide Male mit lautem Gezeter. Kat spricht es

nicht aus, aber in ihren Augen ist der Meister wehleidig. Die Verletzung an der Flanke heilt nämlich dank ihrer Pflege und der Tangwickel gut. Blut tritt schon lange keines mehr aus und eine heraufziehende Entzündung ist gebannt. Nachdem das untere Stück des Chitinpanzers abgefallen und die Wunde zugewachsen war, bildete sich der fehlende Teil des Panzers nach. Die Oberfläche ist dort uneben und gerillt und milchige Schlieren durchziehen die beige Farbstruktur mit den rotbraunen Punkten.

Seit einiger Zeit erhält der Seeskorpion Besuch von einem haiähnlichen Wesen, das anscheinend Wichtiges mit ihm zu besprechen hat. Der torpedoförmige Fisch ist Kat unsympathisch, weil sie die Höhle verlassen muss, damit er hineingleiten kann. Noch dazu geht von seinem gestauchten blauen Maul ein elektromagnetisches Feld aus, über das er ihr, wenn auch noch so subtil, Beleidigungen zuteilt. Kurze unangenehme Stromschläge am Hinterkopf und in den Extremitäten.

U

wenn yoda perspicua, der eichelwurm mit der breiten halskrause, nicht gerade den sandboden durchpflügte oder kot ablegte, weilte er in seiner wohnröhre. sie war wie er durchsichtig und bildete verschlungene zeichen, die manchem trübestrom widerstanden.

der urhai cladoselache war auch in der nähe. seine lorenzinischen ampullen meldeten bewegung. cladoselache konnte im sand vergrabene gliederfüßer und fische wahrnehmen. yoda war für ihn allerdings uninteressant, weil er nur fünfzehn zentimeter maß.

große panzerfische wie dunkleosteus verschluckten gerne urhaie und urhaie wiederum neunaugen und schleimaale. psarolepis jagte mithilfe seiner langen zähne kieferlose galeaspida, während seeskorpione ohne vorbehalt rund- oder kiefermäuler, kieferlose, neu- oder urmünder, filtrierer, weidegänger und räuber ergriffen.

auf der suche nach mollusken flogen thelodonti und turinia über algen- und schwammfelder. sobald die schatten ihrer flachkörper nahten, zog bellerophon den fuß ein und auf den kilometerlangen muschelbänken schnappte eine schale nach der anderen zu.

tropische stürme fegten über das land, im wasser unten blieb es ruhig. schlangensterne rekelten die arme und das kind zog eine hohlform aus dem schlamm. sie war durchsichtig, glitzerte im einfallenden sonnenlicht und lag wie ein kleines hufeisen in der hand. eine schar ammoniten schwebte vorbei. als das kind die hand ausstreckte und das U darbot, zogen sie sich in die wohnkammern zurück.

yoda perspicua hatte die wohnröhre verlassen und legte eine kotspirale ab, mimetaster verwischte sie. mehrere trilobiten beobachteten den vorgang und das kind öffnete den mund. es hatte einen kiefer und war ein neumünder. auch cladoselache weilte in der nähe und öffnete sein maul, doch das kind war eindeutig zu groß für seinen zwei-meter-körper. stumm glitt er vorüber, ohne von dem U notiz zu nehmen.

wie viele neumünder besaß das kind ein voll ausgebildetes nervensystem, ein gehirn und extremitäten. es lebte nicht sessil, sondern wechselte häufig den aufenthaltsort und war als allesfresser durchaus räuberisch. das kind drehte das U in seiner hand. yoda perspicua hatte das U als teil einer größeren verschlungenen wohnform hergestellt. er vermisste es nicht, da er im letzten trübestrom von einer schlammlawine zerdrückt worden war.

Der Zeitpunkt der vollständigen Heilung des Seeskorpions überrascht Kat. Früh am Morgen, das Wasser ist noch schwarz, rüttelt er sie wach, zieht sie aus der Höhle und heißt sie aufzusitzen. Seinen harten Körper hat sie inzwischen lieb gewonnen und umfasst ihn wie ein Kind seinen Vater. Mit um die Rumpfsegmente geschlossenen Armen und Beinen döst sie durch flüchtig vorbeiziehende Landschaften. Der Meister hält sich dicht über dem dunklen Sand- und Steinsediment, wo Fischschwärme zwischen dem Seegras schweben.
Mit der Zeit fällt der Boden ab und sie schwimmen über Gebiete, in denen das Gras nur noch in verstreuten Büscheln wächst, dafür zunehmend hohe farnartige Einzelblätter aus dem Sediment ragen. Blassrosa Quallen pumpen durch die Korridore und flache Fische kreuzen als Einzelgänger auf. Platt wie Schollen, jedoch mit Verschalung an der vorderen Rückenseite, durchpflügen sie das Wasser und greifen mit ihren Mäulern Seesterne, Krebse und kleinere Fische. Manche Panzer haben die Form von Halbkreisen, andere die von Rauten, die knopfartigen Augen liegen dicht aneinander. Kat realisiert, welch winzigen Ausschnitt das Rifffenster und die Ausflüge zur Nahrungssuche ihr geboten haben, und schläft ein.

Beim Aufwachen findet sie sich mit dem Meister in Seegras eingerollt wieder. Die schmalen Blätter sind so lang, dass sich der eigene Körper damit zu einem Paket verschnüren ließ. Auf diese Weise in Schwebe zu schlafen,

war angenehm. Der Meister erklärt, dass er gewissen Zeichen folge, die ihn von der Riffwand weggeleitet hätten. Als Kat bemerkt, dass der Boden nicht aus grauem Schlamm, sondern Trilobitenkörpern besteht, wird ihr mulmig. Dabei hat sie gar nichts gegen die wendigen Gliederfüßer, aber die schiere Menge ist abgründig.
Wie riesige Kellerasseln, die sich gegenseitig überholen möchten, um schneller – was? Was suchen sie? Besondere Delikatessen? Ein Wettlaufen und Wettsegeln kreuz und quer, über- und untereinander, die anderen wegdrängen, umdrehen, strampeln lassen. Auf den Leibern einiger Exemplare sitzen überdimensionale Augen, aus anderen treiben Stacheln und Hörner hervor. Einmal auf den Rücken gedreht, bleiben manche im Schlamm stecken.
Kat konzentriert sich auf die Bewegungen einzelner Tiere, die sie nicht deuten kann, bis sie sich schließlich an den Skorpion wendet. Befruchtung?
Aas, raunt er und entwirrt Kat und sich selbst mit geschickten Drehungen aus dem Seegras. Im Trilobitenteppich entsteht ein Loch aus Angst vor dem Skorpion. Das Aas ist nicht zu sehen, es müssen sehr feine Partikel sein.

Mit einigem Abstand zum Meeresboden nehmen sie ihre Reise wieder auf und unter ihnen schließt sich der Trilobitenteppich. Vom Skorpionrücken aus streckt Kat ab und zu einen Arm nach unten, um zu beobachten, wie die Gliederfüßer kleinräumig flüchten oder sich zu Kugeln einrollen. Sie kann gar nicht genug davon bekommen. Doch der Meister befiehlt ihr, sich ruhig zu verhalten, woraufhin die beiden eine Weile unbewegt schweben. Die Trilobiten haben den Schatten über ihnen bald vergessen, der Teppich ist vollständig zugewachsen, als blitzschnell die Scherenarme des Meisters nach unten sausen. Alles huscht zur Seite weg, doch in den Klauen zappelt ein Körper. Ein Knacken ist zu hören, kunstvoll reißt der Skorpion drei Weichteile heraus und fordert Kat auf, davon zu essen.

*

Der Flug durch die Landschaft ist beendet und der mäandernde Trilobitenteppich verschwunden. Die Beine des Meisters liegen am Boden ausgestreckt. Auch Kat ruht auf dem schiefergrauen Sand. Sie sind in einer Unterwasserwüste gelandet. Nichts als weiße Schlangensterne, mickrige Seelilien, ein paar Krebse und – der Urhai, der den Skorpion in der Höhle besucht hat. Zwiespältige Gefühle beschleichen Kat. Sie fragt sich, warum der Freund des Meisters zu ihnen stoßen musste. Kat empfindet ihn als Bedrohung für ihre Reise, obwohl ihr nicht einmal das Ziel bekannt ist. Aus kleinen Augen blickt das Tier sie an und taucht dabei auf und ab. Diese lauernde Art, dieses ständige Umherziehen, verunsichert Kat mehr und mehr. Aber sie erkennt auch, wie groß die Verbundenheit zwischen dem Skorpion und dem Urhai ist. Wenn sie es recht bedenkt, haben die Besuche des Urhais die Genesung des Skorpions womöglich beschleunigt. Außerdem hat der Meister seither mit *S+7* und anderen Sprachspielen aufgehört. Es ist einfacher geworden, sich mit ihm zu unterhalten.

Seeskorpion: Vor Cladoselache brauchen Sie sich nicht zu fürchten. Obwohl die angeborene Angst vor wilden Tieren den Menschen durchaus nützlich ist, kann ich Ihnen versichern, dass dieses Exemplar zu meinen Vertrauten zählt und von nun an unsere Führerin durch unbekanntes Terrain sein wird.
Ekaterina: Ich glaube, sie kann mich nicht leiden. In der Höhle hat sie mir manchmal Stromschläge verpasst.
Seeskorpion: Bilden Sie sich bitte nicht ein, elektromagnetische Wellen deuten zu können. Cladoselache ist Ihnen wohlgesonnen und nebenbei eine Bewunderin Ihrer Gesangskunst.
Ekaterina: Das erstaunt mich.
Seeskorpion: Cladoselache ist eine Meisterin der Witterung und eine veritable Kennerin von Höhlengängen. Obwohl Sie in der Zwischenzeit mit dem Dunkel vertraut sind, wird der kommende Abschnitt womöglich Angst hervorrufen. In manchen Passagen wird es sehr eng oder flach. Seien Sie versichert, dass ich zu jeder Zeit bei Ihnen bleiben werde.
Ekaterina: Wohin müssen wir genau? Ich verstehe nicht, was …
Seeskorpion: Wenn ich Sie erinnern darf: Vor zwei Jahren suchten Sie mich wegen starker chronischer Schmerzen auf. Haben Sie vergessen, wie sich Ihr Körper außerhalb des Wassers anfühlt?

Ekaterina: Nein oder … ja, aber …
Seeskorpion: Niemand weiß, was uns im folgenden Abschnitt erwartet. Sicher ist, dass wir das Dunkel aufsuchen müssen, bevor ich die Tätowierung vervollständigen kann und Sie geheilt sind.
Ekaterina: Aber was wird meine Aufgabe sein? Dieses Dunkel, von dem Sie sprechen, beginnt, mir Angst zu machen.
Seeskorpion: Das ist verständlich. Ich bleibe an Ihrer Seite. Für Sie agieren kann ich nicht, aber ich werde Sie beschützen.

Ein Drehschwindel hat Kat erfasst, die Erinnerung an ihr früheres Ich ruft Unwohlsein hervor. Schwerfällig klammert sie sich an den Chitinpanzer und hievt sich auf den Skorpionrücken, wo sie sich sofort sicherer fühlt. Cladoselache übernimmt die Führung und schneidet mit hoher Geschwindigkeit durchs Wasser. Ihr zu folgen, kostet den Meister große Anstrengung. Die Lichtverhältnisse sind schlecht. Das Wasser ist kühl und die Ödnis ringsum bedrückend.
Als plötzlich aus dem Halbdunkel ein Massiv auftaucht, dessen Steilwand sich scheinbar ohne Ende nach oben und zu den Seiten hin ausdehnt, macht sich bei Kat ein Gefühl von Überwältigung breit. Wie sollte ihr Weg hier hindurchführen?
Während sie mit dem Skorpion wartet, schwänzelt Cladoselache die Wand entlang. Die Ortung eines Eingangs ins Massiv scheint selbst für sie schwierig.

Schließlich aber kehrt sie zurück und bringt das Maul dicht an die Kieferklauen des Skorpions. Kat möchte fragen, was die beiden besprechen, ob eine Öffnung gefunden wurde, doch da hat sich der Meister bereits mit einem Ruck in Bewegung gesetzt.

An einer Stelle direkt vor dem Steilhang gräbt sich der Skorpion in den Sandboden. Auf Kats Haut geht ein Körnerregen nieder. Sie schließt die Augen, bis das zielstrebige Vorwärtskriechen des Skorpions ihr anzeigt, dass sie in den Fels eingedrungen sind. Der Meister lobt ihre Gefasstheit und tatsächlich bereitet ihr der Weg durchs Massiv kaum Schwierigkeiten. Erstaunlich findet Kat, dass sowohl beim Meister als auch bei Cladoselache jeden Moment Klarheit über die Lage der magnetischen Pole auf der Erdkugel herrscht. Wie unterentwickelt ihr eigener Orientierungssinn im Vergleich ist! Richtungswechsel innerhalb des Gebirgszugs mitzuverfolgen und im Kopf eine virtuelle Landkarte anzufertigen, will nicht gelingen.

Die Gruppe bewegt sich langsam voran. Der Höhlengang, in dem sie sich jetzt befindet, ist eng, das Wasser kühl und brackig. Einige Male kommt die Gesteinsdecke Kats Kopf gefährlich nahe, doch auf ihr Zeichen hin verflacht sich der Seeskorpion sofort. Insgesamt ist es erstaunlich, wo er überall durchpasst. Gemeinsam, als Doppelkörper, übersteigt ihr Volumen dasjenige von Cladoselache. An manchen Weggabelungen stoppt der Hai, um mit dem Meister Rücksprache zu halten. Kat fragt sich, nach welchen Kriterien die beiden Entscheidungen treffen.

Während sich die Wassersäule erhöht, schlängeln Aale zu Hunderten an ihnen vorbei. Die Bewegungen ihrer Leiber sind als zarte, kühle Strömungen zu spüren. Eine andere Wahrnehmung überwiegt jetzt allerdings. In Kats Kopfinneren ist eine eindringliche und wiederkehrende Stimme aufgetaucht und beginnt, sie zu quälen.
Es ist nicht und war nicht. Wahr ist es nicht.
Diese Worte fallen wie Klötze ins Bewusstsein, und es bereitet ihr Mühe, deren Bedeutung zu verstehen. Was soll das? Die Stimme klingt real und nahe. Meister, flüstert Kat verwirrt, ich höre eine Stimme, ist das Cladoselache, die mich verunsichern will?
Wie kommen Sie nur auf diesen Gedanken?, antwortet er. Das Erscheinen der Stimme ist positiv zu bewerten. Offensichtlich befinden wir uns auf dem richtigen Weg. Bitte hören Sie genau hin, folgen Sie der Stimme. Lassen Sie ihre Gedanken von ihr führen.
Plötzlich tritt ein Lichtspalt ins Blickfeld und Kats Pupillen fassen gierig danach. Bald beginnen sich Seitenwände einer Schlucht als gezackte vertikale Flächen abzuzeichnen. Die Silhouetten kleiner Fische werden sichtbar. Cladoselache schwimmt voran und steuert auf der Suche nach einer Abzweigung aufwärts.
Wahr ist es nicht und wahr war es nicht. Wahr wird es nimmer, klinkt sich nun eine zweite Stimme in die erste Schleife ein. Ekaterina berichtet dem Skorpion davon, und kurz darauf verschwindet der Urhai durch ein Loch in der Felswand. Der Meister folgt ihm, doch der Durchmesser des neuen Röhrengangs ist so klein, dass Kat sich vom

Skorpionleib lösen und allein vorankommen muss. Jetzt, mit den menschlichen Stimmen im Kopf und wieder in Dunkelheit, kriecht eine gewaltige Furcht in sie hinein – die Furcht, hier unten wahnsinnig zu werden. Aber direkt hinter ihr mahnt der Skorpion, alle Konzentration auf die Fortbewegung über den rauen Stein zu richten, Zentimeter für Zentimeter.

II

1
anblasen

um laut zu lesen, muss der mund geöffnet werden. stimmlippen, zunge, mund-, rachen- und nasenhöhlen modulieren den schall. nicht jeder sprachlaut ist stimmhaft.

das kind schaute auf die hufeisenform in seiner hand, einzelne partikel der ehemaligen wohnröhre reflektierten licht und warfen es richtung linsen. auf dem kopf stehend gelangte das U an die netzhaut, um im gehirn umgedreht zu werden. ob ein erkennen durch abgleich mit erinnerung stattfand, war schwer zu sagen.

bellerophon weilte dicht bei den füßen des kindes und raspelte an frischer beute. als sich die kleine hand senkte und die hufeisenform an bellerophons sipho, den kanal für atemwasser, schlug, zog sich die schnecke ins haus zurück. das kind spitzte die lippen. ein primärschall der stimme bildete sich dabei nicht, dafür müssten beide stimmlippen durch ein anblasen aus dem brustkorb zum schwingen gebracht werden.

nachdem die schnecke den sipho wieder hervorgestreckt hatte, wühlten die hände des kindes im sediment, wo sie weitere vokale, aber auch stimmhafte konsonanten und stimmlose reibe- und verschlusslaute ertasteten. selbst bellerophon dehnte jetzt seine fühler richtung F und K. die schnecke hatte kein gehirn, besaß jedoch über den körper verteilte nervenknoten. die anzahl der nervenzellen war überschaubar, etwa fünfzehntausend. das zentralnervensystem des kindes bestand dagegen aus über siebzig milliarden neuronen.

um verschlusslaute zu artikulieren, muss der luftstrom blockiert und dann plötzlich freigesetzt werden. dabei entsteht ein geräusch und kein ton und keine vibration im kehlkopf.

das kind hielt sich T, K und P vor die augen. es bewegte zwar die lippen, blockierte dabei jedoch den luftstrom nicht und kein geräusch war zu hören. während die stimmritze offen stand, die stimmlippen ruhten und das gaumensegel senkrecht herabhing, blieb die zunge unbewegt. nichts trennte den nasenraum vom mundraum, es wurde nicht angeblasen.

Ekaterina sitzt außerhalb des Wassers. Der Raum, in dem sie sich befindet, ist oval und besteht aus hohen Felswänden und einer domartigen Kuppel. Durch schmale in den Stein gehauene Öffnungen dringen harte Lichtstrahlen. Hunderte Zweibeiner in langen Stuhlreihen, die irgendwelche Texte rezitieren – und sie mittendrin. Kats Augen brennen. Die Formen und Farben der Umgebung fallen in ihr Inneres, alles erscheint ihr so kantig.
Mit aufgerichteter Wirbelsäule gegen die Schwerkraft anzukämpfen, ist anstrengend! Kat will sich auf den Boden sinken lassen, da wird sie von einer Hand in Richtung Stuhllehne bewegt. Als sie schräg hochblickt, erkennt Kat das Gesicht des Meisters. An Land ist er ein dunkelhäutiger Mann mit rotem Hut und einem Anzug aus einem edlen beigen Stoff mit roten Punkten. Das Muster entspricht dem des Skorpionpanzers.
Kat versteht nicht, ob sie Teil eines Theaterpublikums ist oder etwa an einem Gottesdienst teilnimmt, doch es gibt keine Bühne, keinen Altarraum. Cladoselache thront schwarzhaarig, etwas plump, aber schnittig gekleidet, links neben ihr. Als sie sich Kat zuwendet, öffnet sich Cladoselaches Kiefer und eine Zunge rollt heraus.
Kat reißt den Kopf herum. Alle Schädel der vielen Menschen verwandeln sich in Holz! Wie damals im Ausseer Solebad. Waren die Leute im Außenbecken dort Abgesandte der Versammlung hier?
Meister! Heißt er noch so? Auch er inzwischen ein Marionettenkopf! Kat streicht über ihre eigenen Wangen – hölzern! – und fühlt, wie ihr Kiefer zu klappern beginnt,

dazwischen entweichen Töne, von einer Verhexzunge in die Welt gesetzt. Der Sinn der Wörter ringsum sickert nur punktuell in ihren Schädel ein. Verstehen die anderen Marionetten, was gesprochen wird?

Chor: Wir glauben nicht, dass es war. Es ist nicht und war nicht. Wahr ist es nicht. Wahr wird es nimmer. Wir wissen, was wahr ist und nicht war, das ist wahr, und es war nicht, weil nicht gewesen sein kann, was wir nicht glauben.

Abscheu vor den Menschenmarionetten packt Kat. Besteht die Möglichkeit, dieses Sprachgeklapper abzustellen? Die Stimmen, die aus den steifen Mäulern treten, sind hässlich, brüchig, abwechselnd zerdehnt und gerafft. Die Phrasen wirken wie von einer Drehorgel abgespielt. Wer oder was steuert die Kiefer- und Zungenbewegungen?

Chor: Nur wenn es wahr ist, könnte es gewesen sein. Das ist und war immer wahr und wird immer wahr sein. Ist es also gewesen? Nur dann wäre es wahr.

Warum haben mich der Skorpion und der Urhai bloß in diese mit Verhexzungen verpestete Gegend gebracht?, denkt Kat und will sich voll Zorn dem Meister zuwenden, doch den Kopf zu drehen, kostet Kraft. Grausiges Knirschen in der Nackenregion. Als es ihr endlich gelingt, ruht sein Blick bereits auf ihr. Die dunklen Augen rollen in den Augenhöhlen, die Lider fallen darüber klappernd zu. Vielleicht möchte er ihr ein Zeichen geben und findet die

Situation ebenso unerträglich wie sie. Da sackt sein Kopf nach unten, um kurz darauf wieder hochzuschnellen, was Kat als ein Nicken auffasst. Inzwischen hat sich die Intonation der Marionettenstimmen verändert. Die Gruppe klingt jetzt wie ein Volksschulchor. Kinder, die sich mühen, beim Lesen Silben zusammenzuschweißen.

Chor: Wir glauben nicht, dass es gewesen ist. Was wir nicht glauben, ist nicht wahr und war nicht wahr und wird auch nicht wahr werden. Und was nicht wahr ist, kann auch nicht wahr werden, wenn es doch gewesen ist.

Kat kann den Sinn der Sätze nicht mehr erfassen. Die Wörter dröhnen gleichförmig wie ein Basso continuo in ihrem Kopf. Es gibt nur eine vage Ahnung, die das Gefühl des Ausgeliefertseins noch steigert – die Ahnung, dass es ihre Aufgabe ist, den Verhexchor abzuwürgen.
Ihre Muskeln sind unwillig, Befehle auszuführen. Während Kat auf ihre Finger starrt, um sie zu heben, bemerkt sie, dass die verhärteten Hände nicht mehr tätowiert sind. Tiefe Verzweiflung erfasst Kat. Muss sie die quälenden Schmerzen noch einmal erleben? Vor ihrem geistigen Auge erhebt sich das Bild einer riesigen pinken Pille und dann schwindet Kats Bewusstsein.
Da steigt unerwartet Cladoselache auf ihren Stuhl. Ihr Gesicht ist beinah vollständig in Fleisch und Blut zurückverwandelt. Sie reckt eine Hand in die Höhe – ein glitzerndes, hufeisenförmiges Objekt liegt darin – und schreit: Ruhe! Ihre schneidende Stimme beendet das Sprachge-

klapper prompt. Sobald die Marionettenköpfe auf das U blicken, weicht bei allen die Holzhaftigkeit. Der Meister steht jetzt ebenfalls auf seinem Stuhl. Er hält ein großes Schneckenhaus an den Mund und bläst hinein.

Jakobus O.: TUUU – T!
Clade S.: Mein Name ist Clade Szelaski. Ich bitte um Aufmerksamkeit!
Jakobus O.: TUUU – T!
Clade S.: Anscheinend geht es in dieser Versammlung darum, eine Beweisführung zu erbringen. Jakobus Opter, ein prominenter Verteidiger, wird mir assistieren.
Jakobus O.: Die Wirkung des Objekts in Frau Szelaskis Hand auf die hier versammelte Gesellschaft ist äußerst aufschlussreich.
Clade S.: Wie ich sehe, hat der Buchstabe für alle Anwesenden eine wichtige Funktion.
Jakobus O.: Dieses U stammt aus dem Devon-Zeitalter und wurde nicht ohne Widrigkeiten aus dem urzeitlichen Schlick geborgen. TUUU – T!
Clade S.: Sehen Sie sich die Wurmröhre genau an! Das Glitzern an seiner Oberfläche ist durchaus einnehmend, nicht wahr? Es geht von den Sandkörnern aus.
Jakobus O.: Ein solches U hält jemand aus Ihren Reihen höchstens als Fossil in den Händen. Diese Wurmröhre hier ist jedoch nur wenige Wochen alt.
Clade S.: Vor kurzem war sie noch bewohnt. Die Frage ist allerdings, wo sich die ursprüngliche Besitzerin dieser Wurmröhre aufhält.

Jakobus O.: Wir sprechen natürlich nicht vom Wurm selbst, sondern von der Person, die diese Röhre gefunden hat.
Clade S.: Wir vermuten, dass diese Person ein junges Mädchen ist und sich hier in diesem Raum aufhält.
Jakobus O.: TUUU – T!
Clade S.: Ferner gibt es Hinweise dafür, dass ein kollektives U gesprochen werden muss, um die Besitzerin der Röhre ausfindig zu machen. Ich möchte Sie nun auffordern, Ihre Zunge nach hinten zu ziehen, sodass sich der hintere Zungenteil Richtung Gaumen anhebt. Bitte, alle gemeinsam! Spitzen Sie die Lippen! Blasen Sie aus dem Brustkorb Luft in den Mundraum nach außen!
Jakobus O.: ... Aha, ich höre nichts. Sie etwa, Frau Szelaski?
Clade S.: Nein, ich ebenfalls nicht, Herr Opter. Ich fordere daher die Anwesenden noch einmal auf: Ziehen Sie die Zunge nach hinten und spitzen Sie die Lippen! Blasen Sie Luft nach außen! Lassen Sie ein U erklingen!
Jakobus O.: Nichts. Absolut nichts. Wirklich interessant.
Clade S.: Das war genau meine Vermutung. Sie alle haben diese hiermit bestätigt. Ein kollektiv gesprochenes U wird verweigert.
Jakobus O.: TUUU – T!

Wenn Sie schon solche Experten sind, ruft ein Herr unter seinem aufgezwirbelten Schnurrbart hervor, dann sagen Sie uns einmal, wie Sie eigentlich an den halbbackenen Kringel in Ihrer Hand gelangt sind. Doch nicht über dieses ominöse Kind!

Und woher wissen wir, meldet sich eine steinalte Dame – woher wissen wir, dass es ein echtes Wurmröhren-U ist und nicht irgendein gebogenes Hundstrümmerl? Die gebrechliche Frau im hellgrünen Dirndl wird von ein paar Männern in die Höhe gehoben.
Wer braucht schon die ursprüngliche Besitzerin?, sagt eine junge Frau in schwarzer Lederkluft. Woher wissen Sie überhaupt, dass es nicht ein Besitzer war? Und warum sollten wir ein kollektives U erklingen lassen? Diese Art Beweisführung ist unzulänglich. Womöglich ist der Buchstabe in Ihrer Hand ein zerbrochenes O!
Die Menge wendet sich Clade Szelaski zu. Erwartungsvoll und mit gewisser Häme. Wird die Fremde die vielen Fragen beantworten können?
In diesem Moment bringt sich ein Mann mit schillerndem Federcape in Position. Derart herausgeputzt wie er ist sonst niemand hier. Ihr solltet wissen, liawe Leut, sagt er, dass wir nur zum Festakt schreiten, wenn hier eine erste Buchstaben-Klärung eintritt! Nachdem er diesen Satz gesprochen hat, streicht seine Rechte über die Federn auf der Brust. Auf unsinnige Einspruchskonstrukte mit uneingelöster Erwartungsaufreizung erfolgt weder Tanzbeinschwingung, noch werden Anstalten zu einer Festmahlserbringung gemacht, und somit fehlt Ihnen das Aus-dem-Berg-Geleit! Er wirkt zufrieden mit seinen Formulierungen.
Wirklich prächtig, Herr Bürgermeister, nur …, setzt Clade Szelaski an.
Frechheit! Bürgermeister nennt sie ihn. Das ist unser Häuptling!, ruft jemand. Chief Viertbauer!

Clade S. lächelt höflich. Mit ihrem grauen Hosenanzug, dem strikten Haarknoten und der Halsbinde fällt sie aus dem Rahmen. Ekaterina prüft die Kleidung der Versammelten, denn diese erscheint ihr signifikant. Es wird viel Sportbekleidung wie hautenge Sportoveralls in Kombination mit Hüten und Leder getragen, hie und da auch Tracht. Sie selbst steckt in einer schwarzen Lederjacke mit Fransen an den Ärmeln.

Ihre Wortwahl, werter Chief, sagt Clade betont schmeichelnd, verrät, dass man Sie zu den überaus talentierten Rhetorikern zählen darf.

Ablenkungsmanöver!, ruft die alte Dame.

Holtn Rond, Muattal, erwidert der Chief. Sie sagten, Frau Szelaski?

Erst der Beweis!, kehrt die beharrliche Stimme der Dame wieder. Erst der Beweis, dass die Füchsin uns nicht mit einem versteinerten Hundstrümmerl zum Besten halten will!

Ich kann versichern, dass ich weder eine Füchsin noch sonst eine Vierbeinerin bin, wirft Clade S. ihr zu und erntet dafür ein paar Lacher. Danach scheint sich der Fokus der Anwesenden zu verschieben. Ein Gemurmel zieht durch die Reihen. Das Gemurmel erhebt sich zum Getöse und bald wird daraus ein Sprechchor: Gefecht, Gefecht, Gefecht!

Wohl, wohl, meint Chief Viertbauer gönnerhaft und führt beschwichtigende Handbewegungen aus. Somit ist es hochoffiziell. Ich fordere Ihren ehrenwerten Begleiter, den Mohr-im-Anzug, zum Buchstaben-Duell!

Gewinnt er, so zählt dies als Beweisführungserfolg und Sie behalten das U. Gewinne ich, entfallen für heute Tanzbeinschwingung, Festmahlserbringung sowie das Aus-dem-Berg-Geleit, das U gehört mir und Sie müssen hier drei Nächte in Eiseskälte schlafen.

Tatsächlich herrscht eine bittere Kälte im Felsdom. Ob es im Freien wärmer ist? Die Steinfenster liegen zu hoch, um etwas von der Umgebung draußen zu sehen. Kat kann sich nicht einmal daran erinnern, zu welcher Jahreszeit sie abgetaucht war. Ob die Bäume Blätter tragen? Blinzelnd schaut sie in die Lichtstrahlen, diese nicht durch das Wasser gefilterten Lichtstrahlen. Sie treffen ihren Körper wie einfallende Nadeln.
Ihr Zustand außerhalb des Wassers ist schlimm, die Muskelschmerzen sind unerträglich. So, als hätte es die Eingriffe vom Skorpion nie gegeben! Verzweifelt sucht sie in den Taschen ihrer Lederjacke nach einer Pinken. Kat muss sich die Worte des Meisters in Erinnerung rufen, die andeuteten, dass der Ort nach dem Massiv nur eine Zwischenetappe darstellt.

*

Die Menschen haben die Stuhlreihen verlassen und bilden konzentrische Kreise um zwei Tische. Auf dem Weg in ihre Formation grüßen viele von ihnen Kat im Vorbeigehen. Anscheinend kennt man sie hier als Kathi – denn genau so wird sie angesprochen.

Während der Häuptling ungelenk den ihm zugewiesenen Tisch erklimmt, gleitet Jakobus O. auf dem anderen Tisch förmlich in seine Position. Alle bestaunen sein Äußeres. Diese Kombination von Vitalität und Gelassenheit, dieses angenehm dunkle Sepia der Haut. Auch Clade Szelaski sieht sehr gut aus, selbst wenn das ins Blau spielende Weiß von Gesicht und Händen Kat doch stark an deren Dasein als Hai erinnert. Gerade spricht Clade mit der Person, die wohl als Schiedsrichterin eingesetzt ist, denn sie trägt eine goldene Trillerpfeife um den Hals. Als die Männer bereit sind, setzt Stille ein. Die Schiedsrichterin nennt die erste Vorgabe: *Alliteration mit S – Schneeballeffekt!*
Zufriedenes Nicken im Publikum.
Anpfiff.

Chief Viertbauer: Sehnsucht.
Jakobus O.: Säge.
Chief Viertbauer: Sagenhaftes Sakko.
Jakobus O.: Säumende Sanftmut.
Chief Viertbauer: Sinnlos sinnentleerte Stille.
Jakobus O.: Suchen Sie Sinnhaftes?
Chief Viertbauer: Sicherlich säugen Sie selbiges Säugetier selten.
Jakobus O.: Sorglosigkeit spricht sieben seidene Sprachen.
Chief Viertbauer: Sollten Sie sieben Sehnen simultan strecken?
Jakobus O.: Selten spannt Stolz seinen Schenkel sacht.

Etliche Minuten geht das Alliterations-Duell dahin. Kat

schafft es nicht, sich auf das Wetteifern zu konzentrieren, ihre Schmerzen und eine unheimliche Schwäche in den Beinen lenken sie zu sehr vom Geschehen ab. Im restlichen Publikum steigert sich die Begeisterung bis zum Jubel. Anscheinend hat der Chief die erste Runde für sich entschieden. *Alliteration mit P – Schneeballeffekt!* – Wortwiederholung erlaubt!, ruft die Schiedsrichterin.

Chief Viertbauer: Punktierung.
Jakobus O.: Penis.
Chief Viertbauer: Punktierter Punsch.
Jakobus O.: Prima Punze.
Chief Viertbauer: Punzen prägen Penisse.
Jakobus O.: Punktieren punzierte Penisse prosaischer?
Chief Viertbauer: Punzierte Penisse panschen prima Punsch.
Jakobus O.: Partiell punzierte Penisse packen Punkte paarweise.
Chief Viertbauer: Punkto Punktschrift puzzeln punzierte Penisse prononcierter.
Jakobus O.: Prägen punzierte Penisse partiell punzierte Penisse per Punktschrift?
Chief Viertbauer: Punzierte Penisse pusten pro Primzahl punktgenaue Parabeln.
Jakobus O.: Picksüße Punktlandungen pürieren präpunzierte Penisse.
Chief Viertbauer: Partiell punzierte Penisse prämieren präpunzierte Penisse per Pürierstab.
Jakobus O.: Parabelhafte picksüße Pürees punzieren partiell prämierte präpunzierte Penisse.

Diese Runde kann Jakobus für sich entscheiden. Sofort wird unter neuen Vorgaben weitergespielt. Kat kennt einige davon, die hatte sie ja mit dem Skorpion unter Wasser geübt. Hier und dort pfeift die Schiedsrichterin, wenn sie einen sprachlichen Fehlgriff bemerkt, und hält grüne oder gelbe Karten hoch. Einige Zuschauer lachen übertrieben, andere buhen bei vermeintlich schlechter Wortwahl oder feuern die Wettkämpfer an. Kat spürt indessen einen gefährlichen Blick auf ihrem Rücken.
Als sie sich umdreht, entdeckt sie weit entfernt bei einer Wand eine irisierende Spur auf dem Felsboden. Langsam wächst daraus ein hologrammartiger Mann hervor. Er bewegt sich zum äußersten Publikumsring, in dem sie steht. Kat erkennt den schlingernden Gang. Wie damals auf dem Parkplatz des Schwimmbads zielen aus den weißen Augen schwarze Punkte. Heute fliegen sie als Wurfgeschosse auf Kat zu. Sie duckt sich und strauchelt. Jemand hilft ihr auf die Beine.
Als Kat sich wieder auf die Gestalt konzentrieren kann, klopft diese mit ihrem Gehstock demonstrativ auf den Boden. Ein Klirren ist dort zu hören, aber offenbar nur für diejenige, die damit angesprochen werden soll, denn die Leute ringsum bemerken nichts davon. Blaugrünes Lumineszieren tritt aus der Stelle unter dem Stock, bis sich der Mann wieder schlängelnd zur Felswand zurückzieht und mit dem Grau verschmilzt.

Im nächsten Moment johlt der Chief: Den Mohren haben Sie mir nicht übel genommen? Wenn Sie so weitermachen,

werden wir Sie bald fressen. Ziehen Sie sich doch gleich bis aufs Hemd aus!
Ich kenne die Gepflogenheiten der österreichischen Küche, erwidert Jakobus. Zunächst werden Suppe und Hauptspeise nebst Salat serviert. Danach erst wird zum Dessert geschritten.
Da ruft der Chief völlig aufgekratzt in die Menge: Jawohl, da haben Sie recht! Und hiermit, liawe Leut, gebe ich eine Duellunentschiedenheitserklärung ab und räume ein, dass auch in solchem Falle eine Tanzbeinschwingung und Festmahlserbringung stattfindet. Das U behalten die Fremden bis zum morgigen Tage.
Die Menge applaudiert und schreit: Hurra! Hoch lebe unser Chief Viertbauer!

Vergeblich versucht Kat, an ihre Begleiter heranzukommen. Clade diskutiert mit der Schiedsrichterin und Jakobus wird von einem Schwarm Frauen umringt. Ansonsten sind die Vorbereitungen für die Tanzbeinschwingung im Gang. Alle Stühle und Tische werden zur Seite geräumt, die bunten hautengen Sportanzüge und Sportschuhe flimmern über den Boden, dazwischen die schwarzen Ledergewänder. Kat versucht, die Stelle auszumachen, auf die der Mann mit seinem Stock geklopft hat.
Dort! Ist dort das blaue Leuchten? Langsam bewegt sie sich darauf zu, als ihr ein junger Bursche in den Weg tritt und fragt: Na, Kathi, wo hostn haint dai Dirndl glossn? Sie stammelt irgendeine Antwort und möchte an dem Typen vorbei, aber er hört nicht auf, von ihrer, also

Kathis, Tochter zu reden. Kat fühlt sich zu schwach, um ihm das Wort abzuschneiden. Als er endlich eine Pause macht, stehen die Leute in Reih und Glied und bedecken genau die bewusste Stelle am Boden. Der junge Mann packt Kat unterm Arm und führt sie zum Tanz, was in ihrem Zustand eine qualvolle Sache ist.

boten

kein lernen ohne wiederholung. bellerophon hatte ihren fühler mit dem blasenauge richtung T ausgestreckt und führte sich über den sipho frisches atemwasser zu. in nächster nähe hob das kind ein C auf, drehte es um neunzig grad und steckte den zeigefinger in eines der offenen enden, die bruchkante war scharf. als es das C fallen ließ, landete der buchstabe neben bellerophon und die schnecke zog sich in ihr haus zurück.

kein lernen ohne überwindung von distanz. war der synaptische spalt einmal überbrückt, gab es kein zurück mehr. die richtung von einer zellmembran zur nächsten war vorgegeben, ein umgekehrter weg nicht denkbar. aus den vorratsspeichern traten längst botenstoffe. sie lagerten im sediment – A, C, M, T, P. als das kind zufällig C neben A neben M legte, war die stimmritze geöffnet. kein ton, kein geräusch wurde erzeugt. es wurde nicht angeblasen.

indem calcium einfloss, überwanden immer mehr botenstoffe den synaptischen spalt. aus ATP wurde cAMP und aus PInsP2 entstanden PInsP3 und DAGs, ein anderer weg war nicht denkbar. K, Na, Ca und AC quollen tausendfach aus dem grund. weder bellerophon noch das kind wussten, dass cAMP, wenn eine erhöhte calcium-konzentration und serotonin zusammenkommen, besonders aktiv wird.

mit ausgestreckten fühlern bewegte sich bellerophon auf einen DAG-AC-berg zu. während sich die blasenaugen der schnecke im funkeln der nahenden schiefebene verloren, wühlte das kind in AMG- und ATP-bergen, um Ms und Ps auszusortieren. dabei waren die linsen der kinderaugen scharf gestellt. die offenen bruchkanten der buchstaben verletzten die finger nicht, denn ein abgleich durch erinnerung hatte stattgefunden.

Während der Tanzerei, die kein Geschunkel darstellt, sondern ausgefeilt und einstudiert wirkt, ist es Kat unmöglich, Clade oder Jakobus zu erreichen. Sie möchte ihnen von der Gestalt mit dem Stock erzählen – von der Gefahr, die von den Augen ausgeht. Der Eindruck, dass der Tanz die leuchtende Stelle am Boden verdecken soll, verstärkt sich für Kat zusehends. Jetzt werden sogar Körbchen verteilt und mit weitschweifigen Armbewegungen Sägemehl, Blütenblätter und grobkörniges Salz gestreut. Bei den folgenden Tanzfiguren fegen die Füße Halbkreise zeichnend über den Boden – ideal, um die Elemente aus den Körben gleichmäßig zu verteilen. Dabei grinsen die Leute bis über beide Ohren. Kat wird von Männern und Frauen an der Hand genommen, gedreht, gehoben und wieder abgesetzt, bis sie nur noch unkoordiniert durch die Gegend stolpern kann. Letztlich landet sie am Rand der Tanzkolonne, wo sich Ältere auf Stühlen ausruhen.
Kats Beine zittern vor Anstrengung. Sie setzt sich neben eine weißhaarige Frau, die sich im Rhythmus wiegt und Kat zulächelt. Dabei deutet die Alte auf die Musizierenden. Von den Stühlen aus ist die Gruppe gut zu sehen, und Kat erkennt jetzt, wie sich der Tanz in zyklisch wiederkehrenden Sequenzen auf diese hin ausrichtet. Die Tänzer und Tänzerinnen der vordersten Reihe stehen über verhaltene Signale mit den Musikern in Verbindung. Tuba, Klarinette, Bratsche, zwei Frauen- und Männerstimmen und ein riesiges, von vier Menschen bewegtes Akkordeon erzeugen eine Synthese aus Mehrstimmigkeit und marschartigen Komponenten. Das Akkordeon

ist beeindruckend. Es ist beinah mannshoch und Druck und Zug am Balg erfolgen mithilfe langer Stöcke. Der Basston, der dem Instrument entströmt, dringt direkt in Kats Magengegend.

Endlich gesellen sich Clade und Jakobus zu ihr. Kat gibt ihr Erlebnis mit dem Mann weiter, auch dass sie ihn bereits vom Solebad her kennt. Außerdem erzählt sie, dass die Leute hier annehmen, sie heiße Kathi und habe eine Tochter. Jakobus' Augen weiten sich für einen Moment, als würde ihm etwas dämmern, dann bespricht er sich mit Clade. Zwischen den beiden herrscht ein Knistern, findet Kat. Jakobus fasst sie jetzt sogar an der Hand, doch Clade entzieht ihm diese wieder, aber nicht, weil sie die seine nicht gern gehalten hätte, das versteht Kat intuitiv, sondern weil Jakobus' Anziehungskraft auf die anwesenden Frauen vielleicht von Nutzen sein könnte. Für Kat bleibt weiterhin unklar, ob die beiden eine ausgeklügelte Strategie verfolgen oder Schritt für Schritt improvisieren.

Liebe Frau Manos, wendet sich Clade an Kat. Wir müssen alles daransetzen, herauszufinden, was sich unter dem Boden befindet. Eher dürfen wir diesen Ort nicht verlassen. Damit unsere Suche möglichst unbemerkt verläuft, sollten Herr Opter, Sie und ich so wenig wie möglich zusammen sein und uns während des anstehenden Festmahls aktiv auf Gespräche mit den Menschen aus Aussee einlassen.

Was?, fragt Kat. Sind wir in Bad Aussee?

Es scheint so, antwortet Clade. Die Schiedsrichterin hat das in einem Nebensatz fallen lassen.
Dann ist das eine Seite von Aussee, die mir völlig fremd ist, sagt Kat. Der Chief, die Kleidung, die Musikinstrumente, all das habe ich so nie gesehen.
Wir sollten mehr über diese Kathi herausfinden. Sie müssen ihr sehr ähnlich sehen.
Okay, das werde ich tun. Aber Frau Selaszki, meine Schmerzen sind unerträglich. Können Sie versuchen, Medikamente für mich aufzutreiben? Clade bejaht und streicht Kat mit einer wohlmeinenden Geste über den Arm.

Für das Festmahl wurde wieder alles neu geordnet. Lange Tischbahnen mit Sitzbänken schaffen eine Bierzelt-Atmosphäre. Kat sitzt in ihrer Rolle als Kathi eingepfercht zwischen zwei jungen Frauen, die wohl Kathis beste Freundinnen sind. Die beiden heißen Petra und Sonja und tratschen über ihre Beziehungen und Kat ringt sich ein Grinsen nach dem anderen ab. Sie weiß, dass sie den Mund nicht aufmachen sollte. Den Steirer Dialekt kann sie nicht gut imitieren.
Jemand hat ihr Grillhendl mit Pommes und Salat vor die Nase gestellt und während Kat isst, machen die Freundinnen obszöne Scherze. Das führt sogar so weit, dass sie von Kathi erfahren wollen, welche Größe der Schwanz ihres neuen Freundes hat. Vom gebratenen Essen wird Kat ein wenig high. Nachdem sie sich lange nur von Rohem ernährt hat, schmeckt das Huhn ungewohnt – ungewohnt köstlich! Inzwischen hat Kat auch eine Flasche Ausseer

intus und sie spürt, wie sich die Verkrampfungen in den Gliedern ein wenig lösen. Aus dem Augenwinkel beobachtet sie Clade, die sich müht, einen Saibling schön zu zerteilen und nicht unzerkaut zu verdrücken. Clade wiederum hat ein Auge auf Kat und bedeutet ihr, mit dem Biertrinken aufzuhören. Kat ärgert sich über diesen Wink und wird in zunehmendem Maß ungeduldig. Sie möchte verstehen, was hier vor sich geht, also wendet sie sich an die unbekannten Freundinnen: Was ist eigentlich diese leuchtende Stelle am Boden, wisst ihr das? Die beiden schauen einander an und beginnen zu prusten.
Was ist?, fragt Kat. Sollte ich das wissen? Woher?
Sonja und Petra schlagen sich auf die Schenkel und halten sich die Bäuche. Petra stößt hervor: Du? Ja, grad du solltatest des wissen. Warat guat fia di! Dann gibt sie sich wieder ihrem Lachkrampf hin. Sonja hat Kathis Fragen schon an ein paar Umsitzende weitergegeben und auch die lachen, als wären die Fragen vollkommen hirnrissig. Wütend zwängt sich Kat aus der Sitzbank.
Sie will sich ein neues Bier vom Schanktisch holen, aber Jakobus tritt ihr in den Weg und fragt sie, was vorgefallen ist. Der Kreis der Lachenden rund um Petra und Sonja erweitert sich merklich. Einige sind bereits blau angelaufen und schnappen unter Tränen nach Luft. Jakobus bietet Kat an, sich an seinen Tisch zu setzen, doch da schlendern zwei junge Männer in ihr Blickfeld.

Keine Buchstabentattoos, dafür eine große Narbe an der Stirn – es ist Hannes! An seiner Seite geht Fabian, die Augen von einer Sonnenbrille verdeckt, aber seine langen Haare und den sehnigen Körperbau erkennt Kat sofort. Ob die beiden sich ans Solebad, die Pinken, an Polly X erinnern? Enttäuscht stellt Kat fest, dass für die beiden Burschen nur die Ausseer Kathi existiert. Trotzdem erscheinen sie offenherzig wie damals und aus irgendeinem Grund vertraut Kat ihnen auch hier. Sie zeigt auf den Tisch der Kathi-Freundinnen und setzt zum Sprechen an, als dort wieder die Verwandlung um sich greift. Die Gesichter erstarren, ein Klappern erfasst die hölzernen Kiefer und Rollzungen bilden sich aus. Auch Kats Gesichtshaut beginnt sich zu verhärten. Clade kommt auf sie zugeschnellt. Ein Ende des Wurmröhren-Us ragt zwischen ihren Zähnen hervor.

Ekaterina, Schauen Sie auf das U!, murmelt Clade. Und geben Sie mir Ihre Hand! Beides hält die Verwandlung auf.

Schon hat Clade Kats Hand ergriffen, um sie Richtung Jakobus zu ziehen. Auf dem Weg zu ihm schnappt sich Kat die Hand von Hannes und der wiederum diejenige von Fabian. Sobald sie Jakobus erreichen, fordert Clade Kat auf, die zwei Burschen abzuschütteln.

Nein, die helfen uns, versichert Kat. Ich kenne die beiden!

Clades Stimme kämpft nun gegen den steigenden Geräuschpegel an: Wir müssen das Lumineszieren finden! Wo ist die Stelle?

Ich glaube, in der Nähe vom Schanktisch!

Was sucht ihr?, ruft Hannes.

Eine türkis leuchtende Stelle am Boden!

Den Diskolaser?
Was?
Führ uns hin!
Der muss irgendwo dort drüben sein!

Als Menschenkette schlängeln sich die fünf durch die paralysierte Menge, die nun wieder einen Text rezitiert. Einige der Marionettenaugen verfolgen ihren Weg, aber keiner der Sitzenden schafft es, aufzustehen. Natürlich liegt der Ort direkt unter der Bank von Viertbauer! Auch er rezitiert brav: Wahr war es nicht …
Die Gruppe kriecht unter den Tisch, Jakobus fegt mit der freien Hand Blüten und Sägemehl zwischen den Häuptlingsfüßen weg.
Ist es das?, fragt Fabian.
Zu sehen ist eine Luke mit dunkler Glasfläche, ein Rund von etwa einem Meter Durchmesser.
Unterm Glas ist ein Scheinwerfer mit wechselnden Filtern, sagt Hannes.
Wir müssen Viertbauer und Co wegschieben und die Luke öffnen!
Clade und Fabian beginnen, die Bank zu verrücken, aber die Metallbeine bleiben dabei an einem Riss im Felsboden hängen und der Chief fällt zur Seite, worauf auch sein Nachbar kippt und eine Kettenreaktion auslöst. Selbst um die Ecken funktioniert das, denn an den Tafelenden sind aus Sitzplatzmangel etliche Hocker aufgestellt worden. Sobald die zu Marionetten Erstarrten auf ihren Nachbarn gelandet sind, versiegt das Geklapper der

Mäuler, die Verhexzungen ziehen sich hinter die Lippen zurück. Danach rührt sich nichts mehr.
Eine Weile trauen die fünf der Stille nicht und warten mit angehaltenem Atem.
Wir müssen den Moment nützen!, flüstert Clade. Versuchen wir zuerst, die Hände loszulassen.
Vorsichtig lösen sie den Griff und atmen auf, weil niemand von ihnen in Starre verfällt.

Hannes macht sich an der Luke zu schaffen und ruft dann verblüfft: Das ist gar kein Glas, das ist Eis!
Ihr Unterfangen wird zunehmend komplizierter, da über die Steinfenster immer weniger Licht in den Felsdom dringt und die Beleuchtung durch elektrische Festgirlanden schwach ist. Kat fällt nichts Besseres ein, als mit einer herumliegenden Flasche auf die Fläche zu schlagen. Wie eine Antwort breitet sich weit unterhalb der Oberfläche ein irrlichterndes Blaugrün aus. Die Eisschicht muss dick sein. Das Gefrorene ist von milchigen Linien durchzogen, dazwischen klar durchsichtig.
Irgendetwas steckt da drin! Seht ihr's nicht? Fabian zeichnet mit dem Finger eine dunkle Form nach.
Doch!, meint Jakobus.
Sieht aus wie …
… ein Körper?
Der wäre aber sehr klein, überlegt Clade laut.
Mit einem Mal wird allen klar, dass sie Teile eines Oberarms, einer Schulter und eines Rückens sehen. Aber verzerrt.

Von einem Kind?
Je länger sie hinschauen, desto fassbarer wird das Bild. Als unterhalb der Form zwei schmale Schatten in Bewegung geraten, springen sie zur Seite. Beine?
Clade wirft sich auf die Knie und zieht ein phallisches Instrument aus der Anzugtasche. Kat erkennt es sofort als das Innenskelett eines Belemniten, wie sie es oft auf dem Meeresboden hatte liegen sehen. Das Rostrum ist aus Calcit, vorne spitz und eignet sich wunderbar als Eispickel. Wild hackt Clade drauflos, sodass Eissplitter zu den Seiten hochspringen und auf die Umstehenden niederprasseln. Alle staunen über ihre Kraft. Als sich die Hiebe der dunklen Form nähern, werden sie gezielter, bis endlich etwas aus dem Eis hervorragt. Ein Stück gewalkter Wollstoff – doch taucht kein Körper auf. Der freigeschlagene Stoff entpuppt sich als steif gefrorene Kinderjacke.
Umso besser! Das bedeutet, das Kind ist weiter unten.
Besser?, fragt Fabian. Dann ist es doch längst tot.
Nicht unbedingt, keucht Clade und schleudert die Jacke vor den hölzernen Chief.
Jakobus übernimmt den Belemniten und hackt weiter, bis er die Eisschicht durchstößt. Unter dem Eis befindet sich ein Wasserkörper, der sich zu den Seiten hin und weit nach unten auszudehnen scheint. Die Lichtquelle im Wasser ist als vages Schimmern zu sehen. Nachdem sie alle Eisbrocken herausgehoben haben, teilt Clade Befehle aus: Jakobus und ich tauchen ab. Kat, Sie bleiben hier oben mit Fabian. Hannes, Sie öffnen das Eingangstor. Clade

zeigt auf eine Domwand, in die eine riesige Flügeltür eingelassen ist.
Gibt es draußen einen Parkplatz?, fragt Clade. Hannes bejaht.
Dann treiben Sie für uns ein Auto auf!
Wie, wo …?
Sie können das!
Hannes schluckt, läuft aber los, während Clade und Jakobus ins Wasser springen.

*

Von den anderen allein gelassen, harren Kat und Fabian auf ihrem Posten beim Schacht aus und vermeiden den Anblick der steifen Domino-Menschen – unbelebt, aber nicht tot. Das Blinken mancher Festgirlanden verstärkt die Stille. Fabian legt seinen Kopf auf Kats Schulter, während sie das U in der Hand dreht. Die Wurmröhre reflektiert das schwache Licht und leuchtet ihnen entgegen.
Kathi, ich check's nimmer. Bin ich nur so zu, dass ich überall steife Körper seh? Oder was ist mit den Leuten?
Kat legt ihm, ohne zu antworten, das U in die Hand. So sitzen sie vor dem türkis leuchtenden Wasser wie vor einem Orakel. Geräuschlos schwankt es im Zylinder. Wie sieht der Wasserraum unter dem Boden aus? Welche Dimensionen hat er?
Fabian möchte wieder zum Sprechen ansetzen, aber Kat steht plötzlich auf und steuert auf eine Wand zu. Fabian folgt ihr. Kat deutet ihm: Dort vorne. Der Mann auf dem

Liegestuhl. Siehst du seine Eier glänzen?
Liegestuhl?
Aus der Badehose schaut ein Stück Haut hervor. Wie poliert. Dort!
Wo? Da ist nichts.
Schau! Jetzt setzt er sich auf. Die weißen Augen!
Wo? Ich seh nichts.
Er steht auf!
Die Gestalt kommt auf ihren gebogenen Beinen auf Ekaterina zu. Das Humpeln erregt Mitleid, doch es verbirgt sich auch etwas spöttisch Tänzelndes dahinter. Der Boden zwischen ihnen ist mit einem Ölfilm überzogen und der Mann folgt diesen Schlieren in einem Slalom unbestimmbarer Geschwindigkeit. Sein Arm hebt sich und dehnt sich zu Kat hin aus. Weiter und weiter – bis die Hand sie an der Gurgel packt. Kräftige Finger drücken zu. Im Abseits verhallen Fabians Rufe. Gewaltsam reißt der Mann ihren Körper zu sich heran und zwingt sie, in seine Augen zu schauen.
Wir kennen uns von früher. Weißt du noch?
Mit größter Anstrengung sucht sie nach Hinweisen in seinem Gesicht, das von Wandlungen durchlaufen wird. Einige der Gesichter erinnern sie plötzlich an einen Verwandten. Der Großonkel?
Das Schillern auf dem Boden springt auf sein grau meliertes Haar über und zieht sich bis über die Schläfen. Von dort ausgehend verformen sich weiter die Gesichtszüge. Sie changieren jetzt ausschließlich zwischen jüngeren und älteren Versionen des Großonkels. In einem seiner jungen

Gesichter bringen sich die schwarzen Pupillenpfeile in Bereitschaft, während seine Lippen in einem boshaften Grinsen verharren. Eine verführerisch warme Stimme erklingt.

Ist sie nicht schmerzhaft, Kind – die Erinnerung? Physisch schmerzhaft.

Kat versucht zu schreien. Seine zweite Hand klatscht auf ihren Mund, um ihn zu verschließen.

Wenn der Druck zu groß wird, fallen Murmeln aus den Augenhöhlen. Ist es nicht so? Antworte!

Sie windet sich unter seinem Griff.

Das Gesicht des Mannes wird nun von tiefen Falten durchzogen, die Stimme klingt süßlich.

Gibt es vielleicht Gerüche, Geräusche, Formen, Lichter oder Krafteinwirkungen, die wieder und wieder auftauchen? Plastische Erinnerungen an den Lockstoff?

Er hebt sie vom Boden hoch. Ein wankender Tanz beginnt. Vor, zurück, Seite, Seite, und ihr Körper baumelt hilflos. Sie schlägt um sich, versucht ihn zu treten, aber er verlängert einfach die Arme, schließt die Hände fester um Kehlkopf und Mund und zwingt sie, in sein Gesicht zu schauen.

Eingeschlossen zwischen den Trommelfellen, sagt er. Dieser Druck in den Augen. Quälen dich vielleicht Magenschmerzen oder Verkantungen im Kiefergelenk? Verkrampft sich das Zwerchfell? Hast du Probleme beim Atmen? Symptome über Symptome. Das kennst du, stimmt's? Ein Gleiswechsel für immer war das. Und keine Weichenstellung wird dich je von mir wegführen. An

mich gebunden! Auf ewig, Kind!, herrscht er Kat an, dabei schießen die Pfeile aus den Pupillen und dringen in ihre Augen ein. Aus den Pfeilen tritt ein Gift, das sich rapide in ihrem Körper verteilt.
Ja, Kind, alles wird dunkel, jede Orientierung unmöglich. Wohin sollte es auch gehen? Bist in festen Händen. Da ist nur das Kribbeln rund um die Lippen, es entfaltet seine Flügel und reitet dich tiefer und tiefer in die Auflösung.
Mit einer burlesken Bewegung öffnet er beide Hände, sodass Kat zu Boden fällt. Die Glieder gehorchen ihr nicht.
Ach so?, haucht der Alte auf sie herabsehend, du hast versucht zu schreien, du hast gestrampelt? Tatsächlich!, lacht er. Ja, ich bezeuge es. Nur – niemand hat damals deine Schreie gehört. Bist du auch sicher, dass wirklich du es warst, die da geschrien hat?
Kats Kopf wird immer leichter, durch die Ohren zieht ein Sausen.
Ich war dort und jetzt bin ich nicht mehr und doch bin ich da!
Rückwärtsgehend entfernt sich seine Gestalt: Ob es aber wahr ist? Nur wenn es wahr ist, könnte es gewesen sein. War es wirklich?
Mit mir wird noch zu rechnen sein!, weht die Stimme über das Sausen davon.

*

Als Erste taucht Clade aus dem Eiswasser auf. Nachdem sie sich aus der Öffnung gehievt hat, stürzt sie zur

Festgesellschaft und reißt einer Menschenmarionette die Wolljacke vom Leib. Sekunden später steht sie bereit, um aus Jakobus' Armen ein blaues Häufchen mit dunklem Haarschopf entgegenzunehmen. Das Kind ist bewusstlos und atmet nicht. Eilig legt sie das Mädchen auf die Jacke und beginnt mit Herzdruckmassage und Beatmung. Zwischen den violetten Lippen schäumt es gelblich hervor und endlich hebt und senkt sich der Brustkorb. Clade rollt das Kind auf die Seite, und es erbricht einen Schwall Wasser. Danach wickelt sie es in die Wolljacke ein und nimmt das Bündel in die Arme.
Inzwischen ist Jakobus zu Fabian gelaufen, der irgendwo in Felswandnähe um Hilfe geschrien hat. Aufgelöst und unfähig zu handeln, deutet Fabian auf Kat, die mit zuckenden Gliedern am Boden liegt. Gift, murmelt Jakobus und zieht eine Ampulle mit Skorpionstachel-Tonikum aus seiner Anzugtasche. In der Hoffnung, dass es als Antidot wirkt, träufelt er ein wenig auf ihre Lippen. Kats Augenlider flattern, die Pupillen darunter sind starr in Richtung Stirnhöhle gedreht.
Am Boden kniend presst Fabian Wörter heraus. Ich – ich hab keine Ahnung! Was – was ist passiert? Die Kathi hat mit irgendwas – mit was Unsichtbarem gekämpft. Ich hab versucht, sie zu halten, aber …
Jakobus sieht sich nach Clade um, doch die steht bereits neben ihnen und faucht Fabian an.
Stehen Sie auf! Reißen Sie sich zusammen!
Fabian springt auf, die Zähne in Clades Mund machen ihm Angst. Sie sind so ungewöhnlich spitz und stehen

durcheinander. Aber irgendwie hilft ihm der Befehlston, um in die Gänge zu kommen. Als sein Blick auf das Kind in Clades Armen fällt, weiten sich seine Augen. Das ist Nana. Kathis Tochter!, ruft er.
Das habe ich mir schon gedacht, sagt Clade und erteilt ihm den Auftrag, Decken oder Mäntel für Kat herbeizuschaffen, da sie stark unterkühlt ist.

Sobald Kat in Gewand eingepackt ist, das Fabian von einzelnen Festgästen geschält hat, wird sie von Jakobus geschultert. Clade verteilt derweil sechs golfballgroße Kugeln in der Runde. Sie haben eine warzige Oberfläche. Falls uns jemand aufhalten will, schleudert ihr die. Am besten ins Gesicht!
Derart bewaffnet bahnt sich die Gruppe den Weg Richtung Ausgang. Doch noch droht keine Gefahr, ringsum bleibt alles unbewegt, und die liegenden Marionettenmenschen sehen ärmlich und verloren aus. Als die Fliehenden schließlich das riesige hölzerne Eingangstor geöffnet haben und ins Freie drängen, springen drei Männer auf sie zu. Blau gekleidetes Personal mit Security-Aufschrift.
Wohin so eilig?
Menschen retten! Lasst uns durch!
Habt ihr eine Autorisier…
Ein Schrei erschallt. Clade hat der Wache einen Trilobiten an den Hals geworfen. Phacops rana rollte sich während des Flugs im letzten Moment aus, um mit seinen unzähligen spitzen Gliedmaßen das Halsfleisch zu umklammern. Entsetzt versucht der Mann, ihn von

der Kehle zu lösen. Wo immer sie landet, verursacht diese Waffe aus der Urzeit nicht nur Schmerz, sondern auch Panik. Die Flüchtenden verschleudern ihre gesamte Munition und bevor die Wachleute die Gliederfüßer losgeworden sind, startet am Parkplatz der Motor eines Autos.

2
finsternis

das wort dunkelheit bezeichnet einen niedrigen grad an helligkeit, finsternis hingegen die absenz von licht. an dem zu beschreibenden ort lag die lichtstärke nicht nur unterhalb der sehschwelle von organismen, sondern bei null. das gegenteil von blendung hatte sich ausgebreitet.

zwar fehlte die helligkeit von fixsternen, an atemluft mangelte es aber nicht. es herrschte finsternis, kein vakuum. bellerophon und das kind waren fort. dort, wo sie sich jetzt aufhielten, wurden ihre augen von licht geflutet.
jemand anders hatte den platz des kindes eingenommen. eine frau war in die finsternis geworfen worden und sog am vorherrschenden gasgemisch der erdatmosphäre. stickstoff, sauerstoff, kleine mengen argon und kohlendioxid strömten in ihre lungen.

an diesem ort herrschte die vorahnung einer bedrohung. über die nervenbahnen breitete sich ein zustand gesteigerter erregung aus. in den extremitäten prickelte es bei gleichzeitiger taubheit der haut. weder knie noch hände spürten die bruchkanten im sand. die augen der frau standen offen, bewegungsunfähig wollte sie über den sandboden kriechen. türme von sandsäcken umgaben ihren körper.

obwohl furcht die aufgabe hat, den flucht- oder kampfmodus einzuleiten, war es unmöglich zu handeln, denn nur wenn es aussicht auf kampf oder flucht gibt, kann das angstgefühl seine aufgabe erfüllen und eine handlung einleiten. hier herrschte aussichtslosigkeit. hier herrschte die abwesenheit der helligkeit von fixsternen.
inmitten der türme lauerte die tat. ein mann, ein mensch, der sowohl mit versehrtheit als auch erregung in der finsternis vertraut war, kam näher und näher.
ihre hände auf den bruchkanten, taub in der schockstarre, und doch das kribbeln von körnern. sand, feuernde nervenbahnen. entkommen, aber wie, bei einer lichtstärke gleich null? saugen, nur saugen am gasgemisch der erdatmosphäre!
stickstoff, sauerstoff, kohlendioxid, argon.
stickstoff, sauerstoff, kohlendioxid, argon.

Das Ausseerland, wo Kat Kathi heißt und ein Kind hat, wird seit etlichen Jahren von Sturzregen, Hochwassern und Muren heimgesucht. Gestern noch gondelten Touristen über die Schneisen der Verwüstung, um das weitläufige Theatermuseum im Felsdom zu begehen und die Meisterwerke traditioneller Figurenschnitzkunst zu bewundern. Heute aber bleibt das Museum geschlossen, denn das Fest im Felsdom ist allein den Einheimischen vorbehalten. Dafür war die Straße hinauf zur Weißenbachalm extra geräumt worden.

Als die Gruppe die Türen des Lieferwagens aufreißt, empfängt sie das beruhigende Ambiente einer warmen Koje. Hannes hat den Motor laufen lassen und die Heizung auf Maximum gedreht. Erstaunt ruft er: He, ihr habt es geschafft!

Clade wirft sich auf den Beifahrersitz und sagt: Die Wachen werden uns verfolgen, aber gerade kämpfen sie noch mit unseren Geschossen!

Geschickt steuert Hannes den Wagen über die von tiefen Fahrspuren durchzogene Serpentinenstraße durch den Wald abwärts. Es hat zu schütten begonnen. Jakobus rollt im Laderaum links und rechts neben Kat Fußmatten auf, damit ihr schlaffer Körper nicht von den herumliegenden Gerätschaften verletzt wird. Er beobachtet ihr weißes Gesicht. Ohne Tätowierung sieht es sehr verletzbar aus. Wenigstens haben die Krämpfe nachgelassen, die Augen sind geschlossen und sie atmet regelmäßig. Fabian sitzt bei der Heckscheibe des Wagens und stiert durch die Wasserfäden am Fenster in den Wald.

Schlaglöcher müssen umfahren werden, am Straßenrand häufen sich Gesteinsbrocken und Erdhügel ehemaliger Räumungen. Die Vegetation ist zerfurcht, einzelne entwurzelte Bäume lehnen an ihren Nachbarn, andere verrotten auf dem Boden. Mit knurrendem Magen greift Clade in ihre Sakkotasche, zieht einen weiteren eingerollten Trilobiten heraus und bricht ihn wie einen Apfel entzwei. Das Knacken lässt Fabian aufhorchen. Er ist gerade dabei, Nana neben Kat zu betten. Beinah wäre das Mädchen aufgewacht, aber dann seufzt es nur und dreht sich auf die Seite.

Nachdem Clade das graue Fleisch ausgelöst hat, macht es die Runde. Eine Art Krebs, erklärt sie und schaut auf Hannes. Schulterzuckend kaut er, und Clade freut sich über seine Offenheit.

Das exquisite Trilobitenfleisch stärkt die Gruppe nicht nur, sondern belebt ihre Gedanken. Sie starten eine Lagebesprechung und beschließen, ins wenige Kilometer entfernte Untertressen zu Hannes' Tante zu fahren, wo Jakobus, Clade, Kathi und Nana Unterschlupf finden können.

Die Tante ist absolut vertrauenswürdig, sagt Hannes, und keine Freundin der Feste im Felsdom. Danach bringe ich das Auto nach Bad Aussee zurück und parke es irgendwo. Kurz hält Hannes inne und erklärt dann: Fabian und ich haben vor dem Fest zu viel Gras geraucht und sind uns jetzt nicht sicher, was wir da im Dom wirklich gesehen haben. Bevor Clade antworten kann, peitscht ein großer Zweig auf die Windschutzscheibe. Kurz darauf prasseln

Regentropfen alles übertönend auf das Blechdach des Lieferwagens. Hannes beginnt zu fluchen.
Scheiße! Wir müssen es wenigstens auf die Hauptstraße schaffen!
Plötzlich schwappt Wasser wie aus Tonnen über den gesamten Wagen. Die Scheibenwischer zucken hilflos, und der Verlauf der Forststraße ist kaum mehr zu erkennen.
Sollten wir nicht lieber anhalten?, ruft Clade.
Nein, das ist noch gefährlicher!, antwortet Fabian. Wir müssen in Häusernähe!
Bald spüren sie, wie die Räder nur noch sporadisch greifen.
Shit! Lenken geht nimmer!
Den Wassermassen ausgeliefert, gleitet das Auto mit seinen Insassen dahin. Hannes stellt den Motor ab. Fieberhaft wird vorne beratschlagt, während Kat und das Kind im Heck noch immer unansprechbar sind.
Können wir uns mit einem Seil irgendwo festbinden?, ruft Clade.
Nein, antwortet Hannes. Das versuchen Leute immer wieder. Auch wenn der Abhang hier flach ist, wird der Strom alles mit sich reißen.
Aber die Idee ist vielleicht doch …
Ich hab wieder Grund unter den Rädern!, ruft Hannes und startet den Motor erneut.

*

Die Kathi, wie sie da liegt. So krass.
Hab sie immer bewundert.

Die ist so beinhart.
Aber irgendwie ist sie nicht die Alte.
Wusste nicht, dass sie mit dem Deal nicht einverstanden war.
Ich auch nicht. Sie lebte immerhin davon.
Was war mit der Vergiftung. Hast du …
Ich hab eben niemand gesehen!
Und was hältst du von Jakobu…
Psst!
… vom Gegengift …
Sch!

Von ihrem Posten bei der Wohnzimmertür aus blicken Hannes und Fabian zum Sofabett, das in Tante Rosis Haus für Kat und Nana geöffnet wurde. Kat ist immer noch nicht ansprechbar und Nana wird gerade von Jakobus im Nebenzimmer in den Armen getragen. Er singt für das Mädchen, um es zu beruhigen. Zunächst hatte es so ausgesehen, als würde es sich schnell vom Eiswasser erholen. Schon bald nach der Ankunft der Gruppe ist es zu sich gekommen und ließ sich ein paar Löffel Suppe einflößen. Doch in der Nacht ist die Kleine dann wiederholt weinend aufgewacht. Sie scheint Schmerzen zu haben und auch Schüttelfrost.
Die beiden Burschen verbrachten die Nacht auf Stühlen und haben abwechselnd ein wenig im Sitzen geschlafen. Neben dem Auftrag, Kat im Auge zu behalten, sollten sie auch darauf achten, ob jemand von der Festgesellschaft das Versteck der Gruppe ausfindig macht und sich dem

Haus nähert. Immer wieder schauen die zwei durch das große Wohnzimmerfenster nach draußen auf den Kiesweg vor der Eingangstür. Erste Sonnenstrahlen tasten sich jetzt über die Hügellandschaft vor dem Haus. Fabian wirft einen Blick auf sein Smartphone, um die Wetterprognose für die Region zu sehen, als Clade im Türrahmen auftaucht. Hat Ekaterina sich gerührt?, fragt sie.
Kathi? Nein, antwortet Fabian, manchmal stöhnt sie leise, bewegt sich aber nicht und öffnet nicht die Augen.
Und wie geht's Nana?, fragt Hannes.
Unverändert, meint Clade und schlängelt durch den Türrahmen ins Wohnzimmer. Ihr Gewand ist am Rücken eingerissen und ihr Haarknoten hat sich beinah gelöst. Beide Burschen schauen verstohlen auf ihre Sakkotaschen, die aber flach anliegen und leer scheinen. Wo sind das U und dieses dildohafte Ding? Erneut fällt ihnen der ungewöhnliche Mund der Frau auf. Irgendwas mit den Zähnen stimmt nicht.
Müde lässt sich Clade in den Armstuhl neben Kats Bett fallen und streicht mit ihrer mehlweißen Hand über den Stoff des Mobiliars, ein abgewetzter blassgelber Schnürlsamt. Sie schaut sich im Zimmer um. Die Beleuchtung durch zwei kleine Tischlampen wirft harte Schatten an die Wände, was die Einrichtung des Raums noch älter und karger wirken lässt. Als ihr Blick auf die jungen Männer fällt, ist er durchdringend und abwägend zugleich. Schließlich richtet Clade sich auf und sagt: Es ist uns die ganze Nacht über nicht gelungen, mit Nana zu sprechen. Ist sie taub? Wie alt ist die Kleine?

Vier, glaub ich, antwortet Fabian. Dass sie nicht spricht, ist in der Gemeinde bekannt.
Taub sicher nicht, sagt Hannes. Sie versteht doch, wenn man mit ihr redet.
Aber – wir waren eigentlich nie so eng mit der Kathi, fügt Fabian hinzu. Für ihn ist es schwer abzuschätzen, wie offen er gegenüber Clade und Jakobus sprechen kann. Er weiß weder, wer die beiden sind, noch, was sie in Bad Aussee suchen. In welcher Verbindung sie zu Kathi stehen, ist ihm völlig schleierhaft.
Wisst ihr, warum Nana in den Zylinder gesteckt worden ist?, fragt Clade, bemüht, die beiden nicht zu sehr zu fixieren.
Na ja, ich glaube, es hieß, dass sie da unten im Fundus vom Theatermuseum …, beginnt Hannes, aber Fabian sagt: Warte einmal! Er hat eine Werbebroschüre aus seinem Rucksack geholt und überreicht sie Clade. *Das Ausseer Land*, liest Clade, *kleines Touristen-ABC*. Kurz blättert sie darin und will das Heft bereits verärgert zurückgeben, als ihre Augen doch an etwas hängen bleiben. Ach so, hier steht: *Jahrhundertealte Ausseer Tradition. Holzfiguren im 4/5-Maßstab. Höchste Schnitzkunst. Besuchen Sie das Theatermuseum …* Clade wird von laut schnappendem Luftholen unterbrochen. Es kommt von Kat. Ihr Körper zeigt Konvulsionen, zwischen den Lippen fließt dunkelblaues Stacheltonikum hervor. Clade und Fabian springen zu ihr und Hannes läuft, um Jakobus aus dem Nebenzimmer zu holen.

Jakobus stürzt herein, ruft mit gedehnter Stimme: Ekaterina!, und übergibt Nana an Hannes. Vor Kats Bett verzerrt sich sein Gesicht. Es wirkt abgeflacht. Entsetzt beobachten die beiden Burschen, wie Jakobus die Fußgelenke der jungen Frau packt und Kat aus dem Bett hochreißt. Einen Moment lang erscheinen seine Arme grotesk aufgeblasen und verschalt wie bei einem Comic-Helden. Er schleudert Kat im Raum herum, biegt und verkrümmt sich dabei, schmeißt Kat dann wieder aufs Bett zurück und fährt mit der Faust in ihre Magengrube. Sobald blauer Saft aus Mund und Nase spritzt, lässt er sich erleichtert auf die Knie fallen.
Nach dieser unheimlichen Manipulation windet sich Kats Körper immer noch unruhig. Gib mir das Kind!, herrscht Jakobus Hannes an. Hannes steht mit offenem Mund da, bis er endlich schaltet und Nana aus seinen Armen entlässt. Die Verkrampfungen in Kats Gliedern lösen sich ein wenig, als der kleine Körper neben sie gelegt wird.

TAt

DIESER WAR ZU HÖR. EN BEDROHUNg der unversehrtheit auslöser menSCH HATTE. AUGEN DAS WORT AUSSICHT WAR FLUCHT, DAs auf das auslöser. kampf oder fluchT. WAR VOR DEM DAS TÜRMEN STÖHNEN wesend. handlung und tatt debeDROHUNG DR KÖRPERLICHE UVERSEHRTHEIT. enn DAS WOrt handlung bezeichnet. beWUSST

KRIBWEDER LEER NOCH geräuschlos. kribbwie eiN MENSCH. WAR EINE FRAU UND HATTE AUGEN OFFEN undA N DEr Furchtkon isT ANGST IST Lu UND GEFAHREN ZU GEHIRN IM M IN Ein Amygdala. raum zu erwartEN WAHR was war schon geschehÜben ist elkeit. GestaNk und usst ausgeführte et eine bewusst ausGeführte Tat.

doch WIRDist DER KÖRPER durch äußere einflüsse restringiert, folgt im TEMporala Lapp En zu einEM WESENTLICHEN Anteil Situationen wieder zu lyse. DIESE TELbelkeit des limbischen sYstems, leer war der raum nichtdie AUFGABE.IN MENSCH war eine frau und hatteSituationen wiederzuerkennen. zwisch un zwi LU emo kribbeln unde schmerz. zwiSchen angst zu bewerten ana sowie MÖGLICHE GEFAHREN zu lysieren.

nder ckrocknliditionierung sinrd di ERSEHR lsxTHEIT nicht als mGLICHE Reakti dreiiKraft desäueren Einflussesr, sIribcist deRLÖSER neMsch unabdi xasRolle bei der emotionalen BeWERTJGCNG EXpulse, Temporalwppen sitttur

zin Men

LAungst d.

bei der Bewert

und isdala belegt, dass jegl .in Form zwi Lemoschmwerz duneKer

Brust.
Schulter – Arm.
Rippen.
Atem – Stich. Zwerchfell.

Hüfte.
Fußgelenk, Zehen.
Bett. Teppich.
Die Knie angezogen.
Füße über den Bettrand.
Hände aufgestützt.
Stich – Nacken.
Füße am Boden.

Auf Händen und Knien über den Teppich.
Glas. Tür.
Klinke. Schwelle nach draußen.
Sonnenstrahlen. Kalter Wind.
Zusammengekauert auf Kies.
Harzgeruch. Dröhnen im Kopf.
Wasserrauschen?

Aufsetzen.
Nahsicht pendelt sich ein. Leuchten die Handrücken weiß?
Vogelgezwitscher. Spasmen. Füße auf Steinchen.
Auf die Beine hieven. Stich – Hüfte.
Wackeliges Stehen.
Blick Richtung Rauschen.

Die Welt rinnt farblos durch die Augen.

Berührung!
Eine leise Stimme am Ohr: Liebe Ekaterina, ich bin es, Jakobus. Sie sind in Sicherheit.
Fremde Haut. Wärme. Schwindel.
Es ist früh am Morgen. Erinnern Sie etwas vom gestrigen Tag? Wir konnten das Kind retten und entkommen. Gelingt es Ihnen, mich anzusehen? Erkennen Sie mich?
Ein menschliches Gesicht.
Es ist kalt hier draußen. Ich schlage vor, wir gehen zurück ins Zimmer und Sie legen sich wieder ins Bett.
Wellen von Übelkeit.
Sie sind vergiftet worden, deshalb habe ich Ihnen ein Antidot eingeflößt, das seine Wirkung weiter entfalten wird. Seien Sie versichert, dass ich an Ihrer Seite bleibe. Ich werde Sie beschützen.
Durch diverse Unschärfefilter hat Kat Jakobus' Nachricht wahrgenommen. Sie wird von ihm hochgehoben, zum Bett getragen und zugedeckt. Kats Bewusstsein versinkt wie ein massives Bleigewicht im Schaumstoff der Matratze.

Als sie auf allen vieren aus der Isolation des Schaumstoffs hervorkriecht, sind ihre Augen geöffnet. Dunkelheit ringsum. Spitzen und Kanten bohren sich in die Haut, grobkörniger Sand am Boden voller Muschelschill. Ihre Hände ertasten Wände links und rechts. Sie bestehen aus gestapelten Plastiksäcken. Das Material im Inneren fühlt sich an wie Bausstoff. Kat richtet sich den Säcken von unten nach oben folgend auf und zählt bis siebzehn. Langsam setzt sie einen Fuß vor den anderen, bis nach elf Säcken kein Stapel mehr auftaucht. Die Arme als Fühler für nahende Anhaltspunkte, wagt sie sich durch die Leere. Fünfzehn Schritt und sie erreicht einen nächsten Sack. Das Zählen beruhigt Kat. Auf diese Art geht sie von einem Turm zum nächsten, bis am Ende des Korridors ein winziger weißer Punkt erscheint. Kat bleibt stehen und wartet ab, ob die Lichtquelle näher kommt. Leises Sausen wird hörbar, vielleicht Wind. Der Geruch von Süßem verteilt sich in der Luft. Ein Lockstoff, den sie bewusst als solchen wahrnimmt. Ja, sie muss den Korridor entlang auf die Lichtquelle zugehen. Sie weiß doch, wer dort lauert.

Da sitzt er. In einer Apsis. Auf einem thronartigen Stuhl. Mit wechselnden Alt-Jung-Gesichtern, die deformierten Beine freigelegt. Auf seinem Schoß von seinem Arm eingesperrt ein kleines Mädchen mit dunklem Haarschopf. Ein zweites steht mit gesenktem Kopf neben dem Thron und offeriert einen Teller süßer Knödel. Rote strähnige Haare hängen ihm vor dem Gesicht und in den Teller hinein. Vor der runden Ziegelwand im Hintergrund bilden sechs mannshohe Marionetten einen vagen Halbkreis. Sie halten Querflöten an die Münder und produzieren keinen Ton, nur Windgeräusche. Mehr als abstoßend ist für Kat, wie anschmiegsam die zwei Mädchen erscheinen. Resigniert und vom Speichel des Mannes benetzt.
Entschlossen geht Kat auf ihren Gegner zu. Das Mädchen aus seiner Pranke befreien, denkt sie, und das Onkel-

Aas zu Boden schleudern! Ich werde dieses Monster umbringen! Das Gift aus seinen Augen fürchtet Kat nicht mehr, sie hält sich für immunisiert.
Er lächelt nur mit seinem ältesten Gesicht und nickt wissend, reicht ihr sogar das Mädchen von seinem Schoß. Sein steifer Schwanz stakt aus der geöffneten Hose hervor. Kat nimmt die Kleine und stellt sie hinter sich ab. Dann fühlt sie die ungeheuerlichste Kraft in sich anwachsen und schleudert mit einem Tritt den Thron zu Boden. Während der Alte herausfällt, wirft sie sich auf ihn und würgt seinen Hals, bis es aus der blauen Kehle röchelt. Endlich ist das Grinsen im Gesicht weg! Eine wilde Lust lodert in ihr auf. Diese Visage für immer zum Schweigen bringen, diese Bestie eigenhändig abmurksen! Kat spuckt dem Mann in die Augen und Ohren, schreit Verfluchungen, tritt ihm in den Magen und in die Hoden. Sie springt in sein Gesicht, bis die Nase bricht und Blut aus den Mundwinkeln sickert. Schließlich steigt sie auf seinen Brustkorb und lässt einen Fuß auf einer Kieferseite landen. Das Krachen in der Wirbelsäule des Mannes zeigt an, dass sein Genick gebrochen ist. Die hässlichen Lippen hängen schlaff.
Nach dieser Raserei greifen die Mädchen ihre Hände. Die beiden schauen zu ihr hoch und eines sagt: Gut. Aber er kommt wieder!

*

Kathi sieht schlecht aus.
Find ich auch.

Shit, ich mach mir echt Sorgen.
Diese scheiß blaue Flüssigkeit.
Alles ist so arg seit dem Fest.
Ich check das mit den Marionetten überhaupt nicht. Das war keine Halluzination.
Wir waren drauf, aber warum hätten wir das Gleiche gesehen?
Eben.
Sch… Da kommt Clade.

Danke, dass ihr über Kathi wacht!, wirft Clade Hannes und Fabian im Vorbeigehen zu und begibt sich Richtung Bett. Wir essen heute gemeinsam zu Mittag, oder?
Okay. Klar, ich sag ihr Bescheid. Sie ist beim Gemüsebeet. Wir sollten eh darüber reden, wie wir weitertun. Heute ist Samstag. Fabian und ich müssen am Montag arbeiten.
Natürlich, sagt Clade und beugt sich dann flüsternd zu Kat hinunter: Wie geht es Ihnen? Hatten Sie einen Alptraum? Wir sind bei Ihnen.
Kat presst nur die Lippen zusammen und Tränen rollen die Wangen herab. Der Traum hat sie noch im Griff.
Das Gift sind Sie noch nicht ganz los, Ekaterina. Es ist nicht verwunderlich, dass bei Ihnen Alpträume oder Halluzinationen auftreten. Können Sie mich verstehen?
Kat hat den Inhalt von Clades Rede erfasst, sie fühlt sich nur endlos weit von der Frau entfernt. In Kat breitet sich ein dumpfes Gefühl aus. Das Gefühl, das Zentrum der Welt zu sein, doch mit niemandem ringsum in Kontakt treten zu können. Ihr Bewusstsein gleitet wieder zum

Traum zurück, zur Bestie Großonkel, und sie erkennt langsam, dass sie schon seit frühester Kindheit unter der Vergiftung durch diesen Mann gelitten hat. Von jeher war er die Quelle der Schmerzen. Ohne antworten zu können, blickt sie zu Clade auf.
In der Stille wird der Atem einer weiteren Person im Bett hörbar. Als Kat sich zur Seite dreht, sieht sie einen kleinen Körper. Der Rücken ist ihr zugewandt.
Das ist Nana, sagt Clade. Wir konnten sie aus dem Eiswasser retten. Sie braucht, wie Sie, viel Ruhe und Körperwärme.
Die Vorstellung, das Kind könnte sie berühren, löst bei Kat noch größeres Unwohlsein aus. Das Kind muss weg!, will sie sagen.
Kat hört, wie Clade nach Jakobus ruft. Als er beim Bett steht und sie in sein Gesicht schaut, wünscht sie sich zurück ins Meerwasser.

Jakobus hat eine Tasse auf das Tischchen neben dem Bett gestellt. Etwas dampft daraus hervor, der Geruch ist delikat. Rindsbrühe! Nach einer Weile weckt dieser Duft bei Kat den Wunsch, sich aufzusetzen und die Suppe zu kosten. Jakobus hilft ihr hoch, klemmt ein Polster zwischen Lehne und Rücken, und Kat gelingt es mit Mühe, den Tassenhenkel zu greifen. Die Brühe ist angenehm warm und belebt sie sofort.
Wir haben etwas Trilobitenfleisch hineingemischt, sagt Jakobus mit einem Lächeln. Es wird Ihnen sofort Kraft geben.

Mhm, dringt es leise aus Kats Mund.
Hören Sie zu, Ekaterina. Wir befinden uns auf der Flucht vor den Leuten aus dem Felsdom. Hannes und Fabian haben uns gestern beim Entkommen sehr geholfen. Das Haus hier gehört einer Tante von Hannes und liegt abgeschieden. Hannes versichert, dass sie unseren Aufenthaltsort nicht verraten wird. Leider konnten wir gestern Nacht keine größere Distanz zurücklegen, da die Straßen der Region von Murenabgängen betroffen sind. Der Felsdom ist kaum zehn Kilometer entfernt. Es ist anzunehmen, dass Chief Viertbauer und die im Dom versammelte Gemeinde alles daransetzen wird, uns aufzuspüren, um das Kind zurückzuerlangen. Wir glauben nämlich, dass die Festgäste davon wussten, dass es dort im unteren Stockwerk eingeschlossen war. Und jetzt erschrecken Sie bitte nicht. Fabian und Hannes sagen, dieses Mädchen, Nana, sei eindeutig das Kind von Kathi.
Kat erschrickt schon. Aber ich bin nicht Kathi, presst sie hervor. Daraufhin dreht sich das Kind im Schlaf und wendet ihr das Gesicht zu. Kat starrt in das Gesicht. Es gehört dem Mädchen, das auf dem Schoß des verfluchten Großonkels gesessen hat.
Mühevoll sammelt sie ihre Gedanken und beginnt zu sprechen: Meister! Das Kind kenne ich nicht. Ich möchte nur zurück ins Meer, damit Sie dort die Tätowierung beenden.
Jakobus zögert und Kat wird nervös. Ich bin doch nicht verantwortlich für dieses Kind!

Während Jakobus abwägend ein paar Schritte auf und ab geht, meint er schließlich: Sicherlich. Aber noch sind Sie fürs Meer zu schwach. Die körperliche Nähe des Mädchens wird eine heilende Wirkung auf Sie haben, davon bin ich überzeugt. Dass Nana lebt, ist übrigens ein Wunder.
Kats Blick fällt wieder auf das kleine Gesicht, in dem soeben die Augäpfel hinter den Lidern hin- und herfahren. Wie alt mag sie sein? Vier, fünf Jahre? Glaubt sie, dass ich ihre Mutter bin?
Warum sind wir nicht unter Wasser geblieben?, fragt Kat schließlich.
Ich habe Ihnen gesagt, antwortet Jakobus, dass ich nicht weiß, was uns nach der Durchquerung des Massivs erwarten würde. Auf jeden Fall können wir im Moment nicht zurück.
Kat lässt sich ins Polster sacken und schließt die Augen.

Sie startet wieder im Korridor zwischen den Sandsäcken, allerdings tastet sie sich doppelt so schnell hindurch. Als sie bei der Apsis eintrifft, ist sie auf die Gruppe dort vorbereitet. Sie wirkt mehr als gestellt. Nur die Mädchen sehen ernsthaft mitgenommen aus. Beim Anblick des Alten kocht wieder Wut in ihr hoch.
Ich zerfetz dich, du Aas!, brüllt sie.
Der Mann grinst, sie macht einen Satz auf ihn zu, die Mädchen wehen zur Seite weg. Kat bäumt sich auf und wird ein mächtiger Drache, der Feuer spuckt und sich in das Fleisch des Widersachers krallt. Er bleibt passiv und lässt sich von ihren Pranken die Gesichtshaut aufschlitzen.

Das Feuer aus dem Drachenmaul springt in die Wunden und sein verhasster Kopf beginnt von innen zu leuchten. Der Alte greint. Kat setzt all ihre Kraft zur völligen Zerstörung ein. Ihr Schuppenleib wirft sich auf ihn und zerhackt und zerfetzt seinen Körper. Doch als ihr Blick auf die beiden Mädchen fällt, erfährt ihre Siegesgewissheit einen jähen Dämpfer. Kats Drachenkörper schrumpft und nimmt wieder eine menschliche Form an. Die zwei Kinder schütteln bedauernd den Kopf. Kat beobachtet den ramponierten und stellenweise glosenden Großonkel. Er rührt sich nicht.

Was soll ich denn noch tun?, fragt sie die Mädchen außer Atem. Die beiden zucken mit den Schultern.

Als Kat erwacht, liegt ihr Kopf auf dem Schoß einer Frau. Das Gesicht der Frau ist von Falten durchzogen und freundlich. Ihr Kleid duftet nach Blüten.

Mutter?, wispert Kat.

Na, Kathi. I bin's, de Rosi, de Tant vom Hannes. Bist nua durchanound, des wird scho wieda. Dei Muatta lebt nimma … Des woaßt du doch.

Was ist mit mir? Wie kann ich …

Du muasst stoark sei, Kathi. Kimm, schau mi o.

Vor Kats Augen verschwimmt das Frauengesicht. Ein Schwindel erfasst Kat und sie übergibt sich auf das Kleid. Bald darauf wird ihr Kopf auf einem Polster abgelegt, ihr Gesicht mit einem feuchten Lappen gewaschen und eine Decke über ihren Körper gebreitet.

Bringt mich weg von der Matratze, will sie rufen. Der

Schaumstoff wird mich wieder verschlucken! Aber die Stimmbänder gehorchen ihr nicht.

*

Zu Mittag sitzen Clade, Jakobus, Hannes und Rosi in der Küche zusammen und essen einen Braten. Fabian erklärte sich bereit, mit Nana und Kat im Wohnzimmer zu bleiben. Die beiden schlafen nun wieder, nachdem Nana mit hoher Temperatur aufgewacht war und Jakobus ihr ein fiebersenkendes Medikament verabreicht hat.
Im Gespräch gibt Rosi ihr Einverständnis, dass die Gäste zumindest das Wochenende im Haus verbringen können, und möchte dann mehr über die Ereignisse im Felsdom erfahren. Jakobus und Clade schildern den Hergang nur verkürzt und erwähnen weder das Eis im Zylinderschacht noch die Verholzung der Menschen. Sie berichten von einer Überflutung des Kellerraums, von ihrem Einsatz bei der Rettung des Mädchens und dass die Gemeinde währenddessen nichts unternommen hätte. Auch ein spezielles Objekt bringen sie zur Sprache. Eine Wurmröhre, in deren Besitz sie seien, und die der Chief unbedingt haben wolle. Rosi bemerkt Ungereimtheiten und Auslassungen in der Erzählung der beiden.
Dass Rosi eine genaue Beobachterin ist, das zeigt sich, als sie nebenbei einstreut: Die Kathi scheint wie ausgewechselt. Natürlich, es geht ihr gerade schlecht, aber sie ist auch sonst anders als die Manos Kathi, wie ich sie von der Arbeit im Bio-Coop her kenne.

Clade und Jakobus wiederum tasten sich vorsichtig an mehr Information über die Gemeinde heran, vor allem über den einflussreichen Chief Viertbauer.
Es könnte sein, sagt Jakobus, dass der Chief hierherkommt und Anspruch auf das Objekt erhebt. Er wird uns womöglich zu einem Sprachduell fordern. Das ist wohl seine Art zu verhandeln.
Rosi lacht etwas abschätzig. Ach was, der Viertbauer mit seinen Sprachspielen! Damit übertreibt er gern. Für ihn ist altes Brauchtum sehr wichtig. Deshalb führt er auch regelmäßig die Feste im Felsdom durch. Alles, aber auch alles will er mit der Ausseer Puppenschnitzkunst verknüpft wissen. Mich hat das Getue rund um das Puppenspiel und das Holzfiguren-Museum nie wirklich interessiert.

Nach dem Essen sitzen Clade und Jakobus Hand in Hand vor dem Sofabett. Die zwei sprechen in gedämpftem Ton miteinander. Als Rosi zur Tür hereinschaut, wird sie gebeten, sich kurz zu setzen. Clade und Jakobus fragen Rosi erst jetzt, warum Nana ihrer Meinung nach im Keller des Felsdoms eingesperrt gewesen sei. In Anwesenheit von Fabian und Hannes wollten sie die Frage nicht stellen, weil die beiden zuvor so ausweichend reagiert hatten.
Eingesperrt?, sagt Rosi verblüfft. Soweit ich weiß, wird Nana als Abkömmling der Schnitzmeisterfamilie Bracher zwei Mal im Jahr eine gewisse Zeit lang im Untergeschoss des Felsdoms mit dem Schnitzmeister und den Prunkstücken des Marionettentheaters untergebracht. Sie darf während dieser Zeit sogar die angrenzende Werkhalle

besuchen, wo die heiligen Veteranhölzer geschnitzt und gewartet werden. Das ist deshalb eine große Ehre, weil ansonsten niemand, außer den dort Arbeitenden, in die Werkhalle gelassen wird.
Auf jeden Fall, meint Rosi weiter, ist der Mutter in dieser Zeit der Kontakt zur Tochter verwehrt. Bisher war die Kathi mit der Regelung einverstanden. Sie erhält dadurch ja eine besondere Stellung in der Gemeinde und sogar Unterhaltszahlungen. Ihr Mann ist kurz nach der Geburt Nanas abgehauen. Das hat sich herumgesprochen.
War Kathi als Kind selbst unten?, fragt Jakobus und sieht Rosi forschend an.
Ja, das war sie, antwortet Rosi, glaube ich zumindest … Obwohl – ich bin mir jetzt nicht ganz sicher.
Noch bevor sie den Satz beendet, laufen erste Anzeichen einer Verwandlung durch ihr Gesicht. Clade möchte noch nach den heiligen Veteranhölzern fragen, doch Rosis Lippen und Wangen versteifen sich. Während für Rosi nur der Bruchteil einer Sekunde vergeht und sie den Zustand als kurze Verwirrung wahrnimmt, erleben Clade und Jakobus die Verholzung der Frau Schritt für Schritt. Ihr Kiefer klappert und sie beginnt, Unverständliches zu rezitieren. Clade hat, von Rosi unbemerkt, das U zwischen die Zähne geschoben und Kats Hand ergriffen. Jakobus ist zu Nanas Bettseite geeilt, um die Kinderhand zu nehmen. Dabei hat er sich von Clade gelöst und dem U den Rücken zugedreht. Erstaunt stellt er fest, dass er allein über die körperliche Verbindung zu Nana vor der Transformation geschützt ist.

*

Kat ist aus dem Schaumstoff hervorgekrochen. Es ist wie ein Reset in einem Computerspiel. Der Korridor ist schnell überwunden, schon tauchen die Windgeräusche und der Geruch nach Marillen, zerlassener Butter und Semmelbröseln auf, dann steht Kat in der Apsis, wo dicht an der Ziegelwand die sechs Marionetten in Flöten blasen und die älteste Version des Großonkels gelassen dasitzt. Diesmal hält er das andere, das rothaarige Mädchen auf dem Schoß gefangen, während das schwarzhaarige mit einem Tablett auf Kat zugeht und die süßen Knödel anbietet. Kat greift sich einen und wirft ihn dem Mann ins Gesicht. Beim Aufprall auf seiner Stirn zerplatzt der Knödel. Eine zermatschte Marille rinnt ihm langsam über Augen, Nase und Kinn. Die Marionetten setzen die Flöten ab.

Um mich abzumurksen, musst du dich schon ein bisschen mehr anstrengen!, ruft der Alte Kat zu und beginnt zu lachen. Plötzlich tritt eine junge Version aus seinem Körper heraus. Die Beine des jungen Mannes sind unverletzt, er wirkt kräftig und lächelt Kat frech zu, bis er sich in die Gruppe der Marionetten einreiht.

Das ist mein Sohn, den solltest du auch noch loswerden!, sagt der Alte und schlägt sich mit der freien Hand aufs Knie. Überhaupt gibt es da eine Reihe von Dingen, die du hinter dich zu bringen hast.

Ich hasse dich, du Schwein!, brüllt Kat. Ich hab genug hinter mich gebracht! Jetzt bist du dran, ver…

Vielleicht, schneidet er ihr das Wort ab, vielleicht verschwinden die Schmerzen, wenn du es schaffst, mich zu töten! Mich völlig aus dem Gedächtnis zu streichen, wird dir aber nie gelingen. Du weißt, die Fesseln meiner Liebe …
Mit diesen Worten stößt er das Mädchen von seinem Schoß, sodass es froschartig vor seinen Füßen am Boden landet, greift seinen Stock und erhebt sich vom Thron.
Mit wankendem Gang nähert er sich Kat, um unversehens ins Dunkel abzubiegen. Die Mädchen halten plötzlich Taschenlampen in den Händen und gehen mit ausgehöhlten traurigen Gesichtern hinterher. Kat bedeutet ihnen, bei ihr zu bleiben.
Ich bringe euch raus über den Korridor, flüstert sie ihnen zu.
Die beiden blicken auf, zögern kurz, trippeln dann aber weiter dem Alten hinterher.

Der Weg des Großonkels führt in einen quadratischen, von den immer gleichen Sandsäcken eingegrenzten Raum, in dessen Mitte ein Wasserbecken im Boden eingelassen ist. Der Beckenrand ist sehr schmal und höchstens zwei Hand breit, und der Alte balanciert erstaunlich geschickt zur gegenüberliegenden Seite. Wieder folgen die Mädchen, nur Kat bleibt beim Eingang stehen. Die drei spiegeln sich im mageren Lampenschein auf der schwarzen Oberfläche des Wassers, das träge und dreckig wirkt.
Auf einmal packt der Alte das schwarzhaarige Mädchen am Nacken und stößt es ins Wasser. Es fällt wie ein Stein. Spring ins Becken und such sie!, krächzt er übermütig.

Kat zögert.
Oder willst du, dass sie stirbt?
Kat springt in den Sud, schwimmt alles ab und ertastet den Körper nicht. Das Becken ist keine zwei Meter tief, das Mädchen muss doch zu finden sein! Als sie vom Beckenrand ein verzerrtes Lachen wahrnimmt und auftaucht, hält der Alte das triefende Mädchen am Kleid in die Höhe. Kat hievt sich aus dem Wasser.

Das Gift ist beinah draußen, Ekaterina.
Die Stimme vom Skorpion? Verwirrt öffnet Kat die Augen. Wo ist sie? An Land?
Das war ein Alptraum, beruhigt Jakobus sie. Bitte versuchen Sie Ihrer Atmung zu folgen und sich zu entspannen. Nehmen Sie die Wärme des Kindes wahr.
Ein schwarzer Haarschopf bedeckt den Großteil von Nanas Gesicht. Ihre Lippen bewegen sich im Schlaf, dann streckt sie einen Arm aus und berührt Kats Finger. Kat zuckt zusammen, zieht ihre Hand aber nicht zurück.

Kat steht am Rand des schwarzen Pools. Der Alte ist im Begriff, auch das zweite Mädchen in den Sud zu werfen, als die dünne Stimme des eben geretteten Mädchens sagt: Du musst ihn kleiner machen.
So, ruft Kat Richtung Großonkel, jetzt bist du dran! Du lächerlichster aller Schwanzträger, du nichtiger Wichser. Wir haben keine Angst mehr vor dir. Du bist nur eine traurige Witzfigur. Blas dich ruhig auf! Gleich lass ich die Luft raus!

Dem Mädchen gelingt es, sich aus dem Griff des Alten zu befreien.
Ich bin der echte Bracher, Meister aller Puppenschnitzer!, prahlt er. Das Unikat! Der Mann mit den goldenen Fingern! Ich führ euch alle an den Gliedern, wie es mir gefällt, ich …
Nichts da! Für mich bist du nur noch ein kleiner Fisch! Ein banales Knäuel von Nervensträngen ohne Geist. Ich hör dir nicht zu. Dein eigener Lockstoff verklebt dir das Maul.
Der Großonkel sackt bei diesen Worten in sich zusammen und geifert: Ich bin unentbehrlich für die Gemeinde. Ich bin das Verbindungsglied zwischen den Generationen! Mein Urgroßvater, Großvater, Vater, ich, mein Sohn – eine ungebrochene Linie. Außerdem wurde ich, wie du weißt, im Krieg versehrt und verdiene Achtung.
Du bist ein Fisch in Millimetergröße, mein Lieber. Und ich wachse! Schau her. Wenn die Angst weg ist, werde ich riesig.
Kurz zweifelt Kat an ihrem Vorgehen, aber der Alte schrumpft tatsächlich weiter.
Bilde dir ja nicht ein, dass aus dir ein prunkvoller Meeresfisch wird. Höchstens ein Guppy in einem lächerlichen Süßwasseraquarium! Damit springt sie auf ihn zu. Er flüchtet sich in den Sud.
Ha! Und jetzt pass auf! Jetzt lass ich das Wasser ab!
Kat hat ein Seil entdeckt, das mit dem Abfluss des Beckens verbunden ist. Sie zieht, und wirklich löst sich unten etwas aus seiner Verankerung. Ein Saugen und Schmatzen

setzt ein, der Wasserstand nimmt ab, bis binnen weniger Minuten das Becken leer ist. Sobald Kat auf den gefliesten Grund gesprungen ist, reicht ihr das rothaarige Mädchen die Taschenlampe, um die Fläche abzusuchen.

Das Wasser hat ihn weggespült!, ruft sie den Kindern jubelnd zu, aber da entdeckt sie doch einen kleinen Guppy am Boden. Sie hält die Taschenlampe dicht an seinen Kopf. Das Maul steht offen, der Körper zuckt wie unter Stromschlägen. Kat stampft mit dem Fuß auf den Fisch. Unter ihrer Ferse zerreißt es ihn.

Als sie zufrieden aus dem Becken steigt, lächeln beide Mädchen Kat an. Das rothaarige meint: Toll. Aber ganz kaputt ist er nicht.

nerungsleuhten vro amoi

aft emue   immte ei
deslabalb niiczu

qua

emmth
n

emoi vord un hata ungrub

on, tdein

Lataptempoerlal

emvoidan hatrkeeungs zeivel

Illusilj aub ngsph
angulg urata imaginga

gra fktns
vor sihata uenu

nzges

pinstsschaadl

Früh am nächsten Morgen öffnet Jakobus die Vorhänge im Wohnzimmer, wo er neben Kat und Nana Nachtwache gehalten hat. Der Ausblick auf den Wiesenhang voller gelber Blüten gefällt ihm. Von Wind bewegt ziehen Wolkengebilde den Bergkamm entlang und werfen ihre Schatten auf den lichten Wald im Tal. Jakobus streckt seinen Körper, die kräftigen Beine, die Bauch- und Rückenmuskulatur. Er dreht seinen Kopf, rollt die Augen in den Höhlen, betrachtet seine Hände, schließt sie zu Fäusten und öffnet sie, lässt die Finger tanzen. Endlich aus der Horizontale draußen, denkt er, endlich die steife Verschalung los, endlich wieder auf zwei Beinen!
Seine Gedanken kreisen rund um das Glücksgefühl, das er neben Clade empfindet. Dieses Gefühl abermals gegen ein Leben mit Panzer und Klauen einzutauschen, wäre eine grausame Forderung. Nein, nie mehr ins Wasser zurück! Selbst wenn damit ein Versprechen gebrochen wird.
Clade betritt das Zimmer und gleitet an seine Seite. Sie legt den Arm um Jakobus' Taille und eine herrliche Erregung fährt bis in seine Zehenspitzen. Auch sie ist von seiner Präsenz elektrisiert, von seinem Duft und den dunklen Augen. Die zwei küssen einander und nur aus Rücksicht auf Ekaterina und Nana reißen sie sich wieder aus der aufkommenden Lust.
Während sie die schlafende Kat mit dem an sie gekuschelten Kind betrachten, fragt Clade leise: Ob sie sich in dieser weißen Haut wohlfühlen wird? Das Blau hat ihr tatsächlich mehr entsprochen.

Ich will nicht mehr ins Wasser zurück, antwortet Jakobus, das weißt du.
Glaubst du, sie wird mit Nanas Hilfe schmerzfrei werden?
Ja, das denke ich.

Die Stimmen eines Männerchors vor dem Fenster unterbrechen die Überlegungen der beiden. Ein Hornsignal ertönt, kurz darauf läutet die Türglocke. Clade geht zum Eingang, um zu öffnen. Vor dem Haus hat sich der Chief in seinem voluminösen Federcape in Position gebracht. Seine Gefährten tragen eng anliegende Sportdressen und Filzhüte. Bei einem hängt ein Rinderhorn quer über die Brust, zwei andere halten hölzerne Stechpaddel in der Hand und stoßen die Knäufe rhythmisch in den Kiesboden. Auf den Paddelblättern blinken eingelassene LED-Lichter und an die Blattkanten sind Auerhahnfedern montiert.
Es verlangt uns nach dem Mohren im Hemd, gnädige Frau Selaszki!
Aber sicherlich, ich werde nachsehen, ob er eines trägt.
Wie Sie wissen, gilt es, ein Duell auszufechten.
Natürlich! Die Tanzbeinschwingung ist ja bereits erfolgt.
Ich werde Herrn Opter holen.
Als Jakobus vor die Tür tritt, streicht sich Chief Viertbauer über den Schnauzer und betrachtet sein Gegenüber mit zufrieden gespitzten Lippen.
Da ist er ja, mein geschätzter Kontrahent! In dieser Allerherrgottsfrühe möchte ich Ihnen ohne Umschweife eine interessante Meldung unterbreiten, als sozusagen groß-

zügigste aller je dargebotenen Gaben. Ich stelle hierenthalben eine Figurentheatervorführungserfüllung in Aussicht, und zwar an des heutigen Tages Abend, und vertage somit abermalig und aufs Neue die Duellerbringung um weitere vierundzwanzig Stunden.

Das erfreut mein Herz, Chief Viertbauer.

Dass Ihr Herz hüpft, ist bei solcher Nachricht nur verständlich. Darf ich jedoch trotz allem um Bedachtnahme des folgenden Umstandes bitten, nämlich dass es bei der Duellerbringung nunmehr um zweierlei geht. Sie wissen sicherlich, was gemeint ist, und werden einen geistigen Vorvermerk machen.

In diesem Fall bitten wir um eine Erläuterung, meldet sich Jakobus.

Der Chief dreht eine Runde im Kies, steigt feierlich von einem Fuß auf den anderen, umrundet die Gruppe seiner Begleiter und grinst dabei in sich hinein. Wieder vor der Tür angelangt, klatscht er zweimal in die Hände und murmelt Unverständliches.

Wir können Sie nicht gut hören, mein Herr!, ruft Clade.

Nun, wie soll ich es formulieren, ich drehe und wende meine Buchstaben und Silben im Munde, um zu entspinnen ein silbern Vlies, doch kann ich mich auch kurzfassen: Sie haben ein Kind gestohlen! Und das fordern wir zurück, jaja. Nebst dem vielgerühmten U selbstverständlich freilich.

Das Kind wurde aus einer misslichen Lage gerettet und steht nicht zur Disposition, sagt Jakobus trocken.

Das werden wir noch sehen! Mit verwegener Miene dreht der Chief erneut eine Runde um seine Männer, um

schließlich zu verkünden: Machen Sie sich bereit! Heute um Punkt achtzehn Uhr werden Sie abgeholt. Mit Pomp und Glorie!
Sodann formiert sich die Gruppe zu einer Reihe und rüstet sich zum Abmarsch. Die Paddel werden in den Kies gestoßen, das Rinderhorn erschallt, die Männer setzen zum Gesang an und gehen los.

Als Jakobus und Clade wieder das Wohnzimmer betreten, steht Kat dort in einem viel zu großen T-Shirt vorm Fenster. Ihre langen Haare aus der Stirn streichend sagt sie mit kratziger Stimme: Es geht mir besser. Ich möchte etwas essen.
Sofort eilt Jakobus in die Küche und wärmt den Braten von gestern auf. Clade lehnt an der Wand neben Kat, deren Augen an der Landschaft haften.
Das Licht, die Bäume … sind schön.
Die beiden blicken sich an. Kat findet das Lächeln der Haifrau trotz der durcheinandergewürfelten Zähne einnehmend, und als sie Kat eine Hand auf die Schulter legt, fühlt es sich gut an.
Aus dem Bett dringt ein Husten. Der wächserne Zustand des Mädchens ist bemitleidenswert. Sein Gesicht ist vollkommen farblos – bis auf die Augen, diese riesigen blauen Augen, mit denen Nana in die Welt schaut. Kat beobachtet, wie Clade das Mädchen hochnimmt. Der kleine Körper hängt wie ein welkes Blatt an ihr. Doch im Kindergesicht heben sich die Mundwinkel, und Kat erwidert das Lächeln.

Nana muss gefüttert werden. Sie ist derart schwach, dass sie keinen Löffel halten kann. Kat hingegen hat nach dem Essen an Kraft gewonnen und äußert jetzt den Wunsch, in den Garten zu gehen. Es ist ein frischer Apriltag, deshalb wird sie in einen Wintermantel von Rosi gesteckt. Jakobus begleitet sie nach draußen.

Wird Nana sich erholen? fragt Kat.

Ich bin sicher. Aber es ist entscheidend, dass Sie in der Nähe des Mädchens bleiben. So wird es rasch kräftiger.

Kat nickt.

Clade und ich müssen später nach Bad Aussee. Wir wurden von Chief Viertbauer zu einem Besuch im Figurentheater aufgefordert. Es erscheint mir ratsam, der Einladung zu folgen.

Anspannung zeichnet sich in Jakobus' Gesicht ab, als er fortfährt: Sie müssen aber unbedingt bei Nana bleiben! Bald kommen Rosi, Hannes und Fabian von Einkäufen zurück und werden Ihnen zur Seite stehen. Für den Fall …

Kat versteht sofort. Die Gemeinde ist ja hinter Nana her.

Okay. Und was ist eigentlich los mit diesem Ausseer Puppentheater? Der Mann, der mich vergiftet hat, war hier anscheinend ein berühmter Schnitzmeister.

Interessant! Jakobus blickt Kat mit zusammengezogenen Augenbrauen an. Wissen Sie, wie er heißt?

Bracher. Es ist der Name meiner Familie mütterlicherseits – und vielleicht ebenso der Name von Kathi? Der Mann sieht jedenfalls aus wie mein Großonkel.

Aha!

Die Träume nach der Vergiftung waren entsetzlich!, bricht

es plötzlich aus Kat hervor. Dort sind Dinge aufgetaucht, die mir bewusst gemacht haben, wie aussichtslos meine Lage ist.
Wichtig ist nur, genau zu beobachten, wie das Gift in Ihnen wirkt. Die Bilder in den Träumen sind keine Abbildung der Realität.
Ja, das ist mir klar. Trotzdem prüfe ich innerlich, auf welche realen Geschehnisse sie verweisen könnten. Meine direkte Erinnerung an das, was mir als Kind passiert ist, bleibt ungreifbar.
Ein Frösteln hat Kats Körper gepackt.
Dieser hinterhältige … seine Hände …
Sie versucht, das Zittern zu beherrschen, die aufkommenden Tränen würgt sie herunter.
Herr Opter, Meister, bitte – wir müssen bald ins Wasser zurück. Die Tätowierung muss fertig werden! Und vorher möchte ich so schnell wie möglich meine Freundin Sisi kontaktieren. Gibt es kein Smartphone oder Ähnliches im Haus? Ich habe bereits im Wohnzimmer gesucht, dort war nichts zu finden.
Da sollten Sie Hannes oder Fabian fragen. Aber ich betone nochmals, dass für Sie in nächster Zeit zwei Dinge existenziell sind: Ruhe und Nähe zum Kind! Ihre Kraft könnte sonst wieder schwinden. Wie steht es um Ihre Schmerzen?
Im Moment nicht so arg, muss Kat zugeben. Aber sie werden wiederkommen. Es gibt keinen anderen Weg, ich brauche die blaue Hautfarbe, um die Schmerzen für immer loszuwerden. Außerdem will ich wieder als Sängerin leben. Polly X wartet auf mich!

Insgeheim ist Kat entgeistert, dass Jakobus ihrer Frage ausweicht und sich nicht dazu äußert, ob sie ins Urmeer zurückgehen werden.

*

Am späten Nachmittag sitzt Kat mit Fabians Android auf dem Bett, drückt herum, wischt hin und her, wobei sie immer wieder Blicke auf die beiden Burschen wirft, die in der Couch hinter einem Tablet versunken sind. Hannes und Fabian schauen Musikvideos, trinken Bier und haben Tabs eingeworfen, die Kat ablehnte, obwohl die beiden ihr die hellblaue Ovale angeboten hatten. Beinah bereut Kat, den Downer ausgeschlagen zu haben, aber ihr ist bewusst, dass sie einen klaren Kopf bewahren muss. Die Umgebung ist zu fremd. Sie versteht nicht, warum Nana im Eiswasser war, warum sie selbst wie Kathi aussieht und wo die eigentliche Kathi sich befindet. Schon setzt sie dazu an, den Burschen eine Frage zu stellen, hält die Worte aber im letzten Moment zurück. Die beiden blicken zu ihr, Hannes lächelt und meint: Dir geht's besser, oder? Willst du mitschauen?
Bisschen später, antwortet sie. Ich muss erst ein paar Leute erreichen.
Während sie Sisis Emails und Messenger-Nachrichten liest, wird ihr schwummrig zumute. Kat Manos – polizeilich gesucht! Sisi und alle anderen Bandmitglieder von Polly X, Freunde und Bekannte haben verzweifelte Nachrichten geschrieben. Twitter und Co sind voll von unglaublichen Mutmaßungen und RIP-Posts. Erst jetzt

wird ihr klar, dass bereits fünf Monate vergangen sind, seit sie im Solebad abgetaucht ist!
Und jetzt sitzt sie hier fest, verfolgt von aufgebrachten Landleuten, die sich unversehens in Holzpuppen verwandeln. Sitzt hier, mit weißer Haut, zurückgeworfen auf null, dem Würgearm des Großonkels ausgeliefert. Empfindungen und Bilder, die doch nie an das heranreichen, was tatsächlich geschehen ist. Warum musste sie ein weiteres Mal mit seinem Gift geflutet werden?
Kat hat nicht den Eindruck, dass es ihr je gelingen wird, sich aus eigener Kraft von den Schmerzen zu befreien. Sie benötigt weiterhin Jakobus' Hilfe. Hat er wirklich ihr Bestes im Sinn? Inzwischen ist ihr Vertrauen zu Clade beinah größer als zum Meister Opter, der den Titel womöglich nicht mehr verdient!
Wie viel Kalkül steckt in Jakobus' Handlungen?, überlegt Kat. Rückblickend wird deutlich, dass er durch das Training unter Wasser auf das Sprachduell hingearbeitet hat – und das nicht nur ihr zuliebe. Er fühlt sich ja unwahrscheinlich wohl in seiner neuen Haut und bleibt offensichtlich gerne an Land! Ich muss also die Haifrau überzeugen, uns ins Wasser zurückzuführen. Ich will nicht Kathi sein und nicht hier leben!

Sisi eine E-Mail zu schreiben, fällt Kat schwer. Mindestens fünf Versionen gibt es schon. Okay, die letzte ist doch gut, warum dieses Zögern, auf *send* zu klicken? Ganz einfach – in Wien wird sie niemand als Kat Manos erkennen, ohne ihr Blau kann sie unmöglich in ihr altes Leben zurück!

Man wird sie vielleicht für eine Zwillingsschwester halten. Hatte sie je eine?
Ihr Blick fällt auf Nana und sie verspürt den Impuls, das Mädchen zu umarmen, aber das würde womöglich seinen Schlaf stören. Lange sitzt Kat unbewegt da und starrt auf die angegrauten Vorhänge neben ihrem Bett. Ihre Augen fokussieren einen wandernden Lichtpunkt hinter der halbtransparenten Gaze, verfolgen dessen Bewegungen hin zu einer Eiche im Garten vor dem Haus. Gleichzeitig gewinnt sie den Eindruck, ihr Gehirn zwischen der Knochenverschalung schweben zu fühlen. Da ist ein dumpfes Klopfen über einem der Areale. Sie greift an die entsprechende Stelle, links hinterm Ohr. Dort drinnen steht der Großonkel an eine Gehirnwindung gelehnt und streckt seinen Arm aus. Um ihn herum pulsiert organisches Gewebe. Der Arm kommt näher. Poch-poch – die Zeit drängt.
Während Kat weiter den Lichtpunkt fixiert, stellt sie sich vor, wie sie den Phantomarm des Großonkels abschneidet. Mit einem laserscharfen Werkzeug, über das sie dort im Inneren verfügt. Je konzentrierter sie den Punkt auf dem Baum im Auge behält, desto effektiver ihre Waffe. Sie kappt den Arm, einmal, zweimal, kommt immer näher an den Oberkörper des Mannes heran, als plötzlich Fabians Stimme zu ihr dringt: Alles okay, Kathi?
Ja, sagt sie und verliert dabei den Punkt aus den Augen. Das Bild des Großonkels ist weg.
Hörst du das?, fragt Fabian. Jetzt nimmt Kat einen Gesang von draußen wahr.
Schau, Clade und Jakobus werden abgeholt!

Ein Menschenzug bewegt sich Richtung Haus. Während Hannes und Fabian das Geschehen kommentieren und beiläufig über das Äußere dieser und jener Figur lästern, lugt Kat mit einem Gemisch aus Missmut und Faszination durch den Spalt zwischen den zwei Vorhängen. Besonders ungewöhnlich ist der Anblick, weil die Formation sich nicht im Gehen nähert, sondern mit Tanzschritten, wobei die Choreografie derjenigen im Felsdom ähnelt. Allen voran schreitet die Vorhut, drei Frauen in Leder, die aus Körben Blüten streuen, dahinter die singenden Begleiter des Chiefs, die mit ihren Stechpaddeln den Puls angeben. Chief Viertbauer selbst sitzt neben der Schiedsrichterin in einer bootsartigen Sänfte, und weitere Träger mit leeren Sänften gehen hinterher. Als Nachhut schlängeln sich Männer in schillernden Outfits aus Fischschuppen-Stoff über den Weg. Aus ihren Rücken strömen kolorierte Steinsalzfontänen.
Nachdem die Ausseer vor dem Haus gehalten haben, entsteht gespannte Ruhe. Die Sänften werden abgestellt, die Schiedsrichterin steigt aus und streckt die Glieder, der Chief folgt ihrem Beispiel. Dann fassen sich die beiden an den Händen und beginnen eine barocke Tanzeinlage mit vielen Verbeugungen und Drehungen. Das Ganze wirkt furchtbar steif. Hannes und Fabian lachen leise in sich hinein und wollen Kat an ihrer Belustigung teilhaben lassen, aber die legt den Finger vor den Mund.
Der Tanz endet in einer langen Verbeugung mit gekreuzten Beinen. Wieder aufgerichtet ruft Chief Viertbauer in Richtung Clade und Jakobus: Wie Sie sehen, sind wir ein kultiviertes Völkchen!

Eine Bestätigung seitens der Gäste wird nicht erwartet. Der Menschenzug formiert sich bereits zu einem Kreis, Clade und Jakobus mit eingeschlossen. Da treten die drei Lederfrauen in die Kreismitte, zünden in einem riesigen Glas Schnaps an und halten auf einer langen Gabel Zuckerwürfel über die Flamme, bis sich die Flüssigkeit darunter braun färbt. Im Moment, da die Flamme verlischt, gießen sie andächtig die Hälfte des Inhalts vor das barocke Paar auf den Boden. Auf dem Kies zeichnet sich ein dunkles U ab. Chief Viertbauer schaut in die Runde und verkündet feierlich: Möge das Krambamperl uns fort und fort laben, mögen wir in Heiterkeit baden. Mögen die Holzpuppen uns necken und ihre spitzen Fingerlein strecken!
Darauf sagt die Schiedsrichterin: Möge Mutter Saibling über die Suppe wachen, möge uns für immer das Buchtelglück lachen. Mögen die Holzpuppen uns necken und ihre spitzen Fingerlein strecken!
Und die Umstehenden sprechen im Chor: Möge uns der erhabene Kringel gewogen bleiben!

Der Häuptling ist der Erste in der Runde, dem das Glas übergeben wird. Nach einem kräftigen Schluck wandert der Trank weiter zur Schiedsrichterin, zu Clade und Jakobus. Allerdings erweist es sich als schwierig, einen Schluck von dem Gebräu zu nehmen. Clade verbrennt sich die Lippen am Glas. Bei Jakobus gerät der dampfende Krambambuli in die falsche Kehle und löst einen Hustenanfall aus.

Als der Rhythmus der Paddel wieder einsetzt, haben sich die zwei bereits erholt und beobachten die Lederfrauen, die plötzlich mit einem synchronisierten Headbanging beginnen. Wegen der langen Haare sieht das ziemlich wild aus. Die Nachhut rezitiert unterdessen eine Textschleife: Und wir erlauben Ihnen, uns hier, vor aller Nasen. Wider – er schaudert, sie sieht, wer erblickt wen, wenn? Oh, ewiges Veteranholz, du-dich im Doppel, selten so. Da kamen sie als wir. Ob der Tat im Staunen das Wort, dem Spiel. Fünf Trauer zwei Freuden, wer Puppen fühlt. Und wir erlauben Ihnen, uns hier, vor aller Nasen. Wider – er schaudert, sie sieht, wer erblickt wen, wenn? Oh, ewiges Veteranholz, du-dich im Doppel …

Na, geh schon!, mault Hannes vor sich hin. Draußen wispert die Schiedsrichterin Clade etwas ins Ohr, woraufhin diese Jakobus an der Hand nimmt und zwei Kreise um die Frauen mit den fliegenden Haaren zieht. Die Sänften werden herbeigebracht, und unter wohlwollendem Gurren des Chiefs steigen Jakobus und Clade ein. Jetzt erst nimmt Kat von ihrer Position am Fenster auch eine Schar Touristen wahr. Offensichtlich sind die Schaulustigen dem Zug gefolgt und stehen mit Handys über den Hang verteilt. Fotos, Videos, mehr Fotos. Im Felsdom, denkt Kat, sind keine Touris zu sehen gewesen. Das war anscheinend eine geschlossene Gesellschaft.
Nach und nach bricht die Textschleife ab, die Frauen in Leder richten sich auf, an den Rücken der Fischmänner sprudelt buntes Salz und dann zieht der gesamte Trupp,

die Sänften voran, langsam ab. Auch die Touristen verschwinden hinter den Hügeln und bald ist der Hang wieder leer.
Als Kat sich zum Bett umdreht, hat Nana die Augen geöffnet. Mama?, kommt es zwischen ihren trockenen Lippen hervor.
Ja?, sagt Kat, um die Kleine nicht zu verunsichern. Dann setzt sie sich zu ihr, streichelt ihr die Haare und küsst das Kind auf die Stirn.

III

1
horizont

im wald. die anordnung einzelner komponenten. auf dem halbwertkompost lag, was dem zerfall preiszugeben war. alle hölzer trugen zeichen, nur die veteranhölzer den zu wartenden initialsplitter, der ein element der beobachtung darstellte. ohne außenperspektive verlor jede betrachtete komponente ihre festlegung.

das konstrukt war in seiner auskristallisierung weit vorangeschritten. doch es gab neu zu beschreibende nächtliche sternenhimmel und personen mit einsilbigen namen, die hölzer in einer werkhalle bearbeiteten. eine tür, eine schwelle, dahinter das waldgebiet.

aus dem wald über die schwelle durch die tür in die werkhalle. die arbeitenden träumten auch nachts von borken, die es zu entfernen, löchern, die es zu bohren galt. das arbeitspensum war hoch. hölzerne gesichter, schnitzmesser, hämmer, äxte, werkbänke flirrten durch ihre köpfe.

aus der werkhalle über die schwelle nach draußen. die axt auf den boden fallen lassen, baumkronen zählen und dem vogelflug folgen. die zerfaserung des horizonts hatte begonnen und musste vorangetrieben werden.

die komponenten, großteils organisch, waren, wenn unbeobachtet, hier und hier, und immer aufs neue öffnete sich die tür und die tür und eine schwelle und eine schwelle wurde überschritten, ein schnitzmesser und ein schnitzmesser fiel auf den waldboden und zwei beine und zwei beine stapften darüber hinweg.

wellen kollabierten ringsum und die wege der komponenten vervielfachten sich so lange, bis eindeutigkeit sie einholte. zwischen den festlegungen fraßen und fraßen die larven, immer aufs neue öffnete und schloss schloss sich die die tür tür und die larven des scheckenbocks und und des blaukäfers blaukäfers fraßen holz. ihnen schmeckte alles alles holz holz, ob mit zeichen markiert oder nicht. die larven zerstörten auch die initialsplitter im veteranholz.

beobachtet, wieder festgelegt, weideten sich nicht nur die porenschwämme und die zunderschwämme und die larven des gemeinen nagekäfers am holz, sondern auch, aber da öffnete sich die tür, die larven larven des gewöhnlichen und des gewöhnlichen nagekäfers. das die das schnitzmesser fiel fielen auf den boden, lag auf böden und zwischen den zwischen die beine und beinen und und und die vervielfachung der, die, das hölz, die hölzer, die veteranhölzer, die lagen in ihrer holizontralen. die tausenden veteranhölzer. holzauge sei wachsam!

Wohin steuert der Menschenzug? Strikt der Puls der Stechpaddel, weich die Männerstimmen. Das Geflüster und die Zurufe der Schaulustigen hallen durchs Tal. Bojen gleich schwanken die Sänften entlang der Bergkulisse dem Schauspiel zu, während die Arme der Träger krampfen. Die Insassen hingegen sind im Schwebeflug gebannt, die Augen magnetisiert vom Dämmerlicht und dem Strömen in einem nahegelegenen Flussbett.
Das Erdreich bereitet sich auf die nächtliche Kühlung vor. Jetzt Wärme loswerden, um Wasser an die Krume zu binden. Blinde Würmer, winzige Eier und fein ziselierte Larven an tausenden Brüsten nähren. Alte Gesteinsfalten zudecken, Milben und Schnecken Unterschlupf bieten. Sich durchlöchern lassen, Sauerstoffblasen sammeln, Absterbendes trösten, Verstorbenes verdauen.
Sparen die menschlichen Sinne nicht Möglichkeiten und Frequenzen aus, die es lohnt wahrzunehmen? Clade Selaszki und Jakobus Opter haben den Vergleich. In den Erinnerungsketten der beiden sind noch Eindrücke ihrer Tierkörper präsent. Ihre Gehörgänge werden nun, da im Wald ein Schichtwechsel stattfindet, von unbekannten Schallwellen befeuert. Getapse und Gewühle geht durchs Unterholz. Igel und Marder trauen sich aus den Verstecken. Hier und dort ein Zirpen oder Pfeifen. Waldkäuze singen auf Ästen, Mücken erscheinen mit ihrem Summen, im Zickzack dazwischen Fledermäuse. Deren Ultraschallwellen können die Gäste aus dem Urmeer nicht wahrnehmen, denn an Land sind ihre Körper mit einem Set rein menschlicher Sinne ausgestattet. Mitgebracht ha-

ben sie nur eine erhöhte Wachsamkeit und Verteidigungsbereitschaft.

Eine junge Fledermaus hat sich auf den Haltegriff vor Jakobus' Knie gehängt. In ihre Hautflügel gehüllt schwingt sie mit der Bewegung der Sänfte vor und zurück. Das winzige Dämonengesicht mit den im Verhältnis riesigen Ohren und der symmetrisch zerteilten Nase gefällt Jakobus. Deshalb greift er ein, als ein Sänftenträger den kleinen Säuger verscheuchen will. Hart packt Jakobus die Hand des Trägers und hält sie eine Weile fest in seinen Fingern verschlossen. Dem Ausseer werden die Beine weich. Überraschung, Schmerz und Wut wandern über sein Gesicht, während ihn der Fremde mit der dunklen Hautfarbe nicht einmal anschaut. Ein paar Meter stolpert der Mann mit zusammengebissenen Zähnen dahin, bis seine Hand freigegeben wird.
Unzufrieden mustert Jakobus seine Rechte, die gerade zu grob zugefasst hat, sieht darin die alte Scherenklaue aufblitzen und gelobt für die Zukunft Samtpfotigkeit. Ihn stört solch ein fehlerhaftes Feintuning seines Bewegungsapparates. Also streckt er jetzt die Finger besonders behutsam zur Fledermaus aus, um ihr eine Brücke zu bieten, aber sie flattert davon.
Dafür landet ein Nachtfalter auf seinem Anzugsärmel und saugt mit dem Rüssel an einem der roten Farbpunkte. Der Leib des Insekts ist dick und die Antennenfühler erinnern Jakobus an diejenigen von Trilobiten. Durch die übereinandergelegten Flügel erhält der Körper eine

Dreiecksform, aus der zwei blinde Augenflecke stieren. Die sollen wohl Vögel und andere Räuber abschrecken, denkt Jakobus und für einen kurzen Moment verschlägt es ihn zurück ins Wasser. Die Augenattrappen erinnern ihn an einen Fisch, der regelmäßig vor seiner Höhle hin und her geschwommen ist, dreist eigentlich. Der wusste genau, wann der Riesenskorpion satt war und ihm keine Gefahr drohte. Aber einmal hatte sich der Fisch getäuscht und landete doch zwischen den Scheren.

Einige Schrittlängen vor Jakobus betrachtet Clade von ihrem Schaukelsitz aus die Landschaft. Wo die Felsenklippen zu steil sind, blecken kahle Flecken aus dem ansonsten finsteren Waldfell. Als sich vom Hang jäh ein Schwalbenschwarm löst, um dem Flussverlauf folgend auf Jagd zu gehen, vergleicht Clade die Geschwindigkeit der Vögel mit Fischen im Devon-Meer. Derart schnell ziehen nur wenige durchs Wasser. Wie schnittig die bogenförmig geschwungenen Flügel und gegabelten Schwänze sind! Was für eine enorme Wendigkeit! Voller Neid haften ihre Augen an den Wesen, die lautlos ein dreidimensionales Muster in den Abendhimmel sticken. Da fühlt Clade sich wieder eingesperrt in dieser gezähmten Welt der Menschen. Aber es gibt auch aufregende Elemente im Leben hier, denkt sie schließlich. Vor ihrem geistigen Auge sind nämlich Jakobus' kräftige Schenkel aufgetaucht, begleitet von einströmender Hitze und einem Pochen in ihrem Schoß. Lächelnd wendet sie sich um. Er nickt nur wissend. Ihre Gedanken konnte er seit jeher erahnen. An Land

hat die körperliche Beziehung zwischen ihr und Jakobus den großen Aspekt der Sexualität dazugewonnen, andere wichtige Verbindungen scheinen jedoch geschwächt. Oder liegt das lediglich am Verlust der Lorenzinischen Ampullen, der Organe, über die sie als Hai feinste elektrische Felder erfasste?
Sie vermisst die Orientierung mithilfe des Erdmagnetismus und verflucht die Beliebigkeit, mit der ihr Körper außerhalb des Wassers die Landschaft wahrnimmt. Nachdenklich greift Clade in die Sakkotasche, um eine böse Entdeckung zu machen. Unglaublich, das U ist weg!
Habe ich es im Haus vergessen?, überlegt sie. Nein, ich könnte schwören, dass ich die Wurmröhre eingesteckt habe! Aufgewühlt dreht sie sich wieder Richtung Jakobus. Mit Daumen und Zeigefinger formt sie ein U und deutet auf ihre leere Tasche, als die Stimme von Chief Viertbauer durchs Tal hallt.
Genießen Sie den Ausflug, geehrte Frau Selaszki?

Weich die Stimmen des Männerchors, strikt der Puls der Stechpaddel. Es fröstelt die Gäste aus dem Urmeer. In ihren Sänften ziehen sie die Schultern zum Kopf hoch, reiben sich die Oberarme und blicken fragend zum Halbmond, der langsam aus der Verdunkelung des Himmels tritt. Was wird sie beim gepriesenen Schauspiel erwarten? Der schmale Pfad führt nun auf die Hauptstraße. Unter der ersten Straßenbeleuchtung, den ersten Häusern von Bad Aussee versammeln sich die Schaulustigen rings um die Sänften. Ihr Geflüster weht durch die Abendluft. Nach

Herzenslust wird fotografiert und gefilmt – diese Ausseer Traditionen sind einfach zu einzigartig. Im Blitzlicht grinsen die Sänftenträger eisern, die Arme ausgeleiert, die Last in ihren Händen verfluchend. Bald hat der Weg ein Ende. Hinter der nächsten Biegung schimmert es schon bläulich, gleich werden sie beim Theater angelangt sein.

*

Nach der Überquerung einer kreisrunden Brücke mit einem enormen waagrechten Mercedesstern in der Mitte wird dem Chief aus der Sänfte geholfen. Stolz verlautbart er: Werte Gäste, wir sind bei unserem herrlichen Theaterzylinder angekommen!
Sobald sich Clade in Jakobus' Nähe begeben kann, flüstert sie ihm zu, dass die Wurmröhre aus ihrer Tasche verschwunden ist. Damit sieht Jakobus seine Ahnung bestätigt – Viertbauer und Co sind nicht nur äußerst gewiefte Leute, sondern auch draufgängerisch. Er malt sich aus, was mit dem Arm des Täters geschehen wäre, hätte Clade den Griff in die Sakkotasche bemerkt, und lächelt grimmig. Eigentlich ist es rätselhaft, dass ihr diese Offensive entgangen war. Inwieweit das Fehlen des Us sie in eine gefährliche Lage bringen wird, ist fraglich. Ohne diesen Trumpf im Ärmel schaut vieles anders aus. Missmutig blickt Jakobus auf den Theaterbau, der dicht an der Traun über alles im Ort hinausragt und von einer monströsen elliptischen Neonröhre eingefasst wird, welche die Umgebung in blaues Licht tunkt. Die Röhre

hängt schräg über dem Zylinder, bei den Eingängen nah über den Köpfen der Versammelten.
Die Gesichter der umstehenden Menschen in fahlem Blau zu sehen, ist nicht gerade erhebend, selbst wenn etliche Touristen über das eigene morbide Aussehen scherzen. Auch auf Clades Gesichtshaut zeichnet sich durch das blaue Licht Vergänglichkeit ab, und Jakobus merkt, wie sehr ihn das stört. Verdrossen schaut er in die undurchsichtigen Glasflächen des Theaters, in dem sich sein eigenes Gesicht hart und abweisend präsentiert. Clade spürt seine Anspannung und hakt sich bei ihm unter. Gemeinsam blicken sie auf die blaue Ellipse, gegen die, von ihren Routen abgelenkt, hunderte Insekten prallen. Auch das Nachtpfauenauge, das sich von Jakobus bis hierher hat tragen lassen, hebt ab und taumelt orientierungslos zur Röhre hoch.

Das internationale Publikum schwärmt ins Theater, das Foyer und dann den Treppenlauf aufwärts, der sich wie ein Band um einen zweiten Zylinder im Innenraum des Gebäudes windet. Ein Sitzplatz in den oberen Rängen bedeutet, viele Etagen hochzusteigen. Beim Betreten des Zuschauerraums stockt den Gästen der Atem – wie steil die Tribünen abwärts fallen!
Während sich die Touristen mit den oberen Rängen begnügen müssen, sitzen die Ausseer und die vermeintlichen Ehrengäste nahe der Bühne. Chief Viertbauer zeigt sich nicht, was Clade und Jakobus als ein schlechtes Omen erscheint. Das nimmt ihnen die Möglichkeit, schnellstmöglich die

Wurmröhre zurückzugewinnen. Nun halten sie nichts in den Händen, um eine Verholzung zu stoppen. Voller Unbehagen drehen und wenden sie sich auf ihren rotsamtenen Sitzen und blicken ins Amphitheater, auf die Arena mit geebnetem Sand. Sie studieren den kreisrunden Graben, der sich mit Auf- und Abgängen rings um die Sandfläche zieht. Ein Orchestergraben ist es nicht, Musiker sind keine zu sehen, nur Puppen hängen da auf Metallstangen.
Die scharf geschnittenen Figuren in ihrer Nähe lassen sich im Detail betrachten. Niemand würde leugnen, dass superbes handwerkliches Können ihre Glieder formte. Die Palette der hölzernen Darsteller und Darstellerinnen ist weit gestreut. Es hängen nicht nur Menschen-, sondern auch Tierfiguren dort – Fische, große Muscheln, Krabben und eine beachtliche Seespinne. Unter den menschlichen Gestalten finden sich verschiedene Altersgruppen vom Baby bis zur Greisin. In ihren Gesichtern gibt es keine Schroffheiten, sie sind abgerundet und poliert und haben verschiedene Hautfarben. Ihre Körper sind mit fantastischen Trachten, Frisuren und Kopfbedeckungen versehen und beinah so groß wie die der Puppenspielerinnen. Hier und dort tauchen diese jetzt in Schwarz gekleidet zwischen den Marionetten auf, um einzelne Puppen umzuhängen oder ihre Gewänder zu richten.
Eine Eigenheit tritt für Clade und Jakobus auffällig zutage – wie unähnlich diese Figuren den Ausseern nach ihrer Verholzung sehen! Anders als die filigran gearbeiteten Puppen sind die Verholzten unpoliert, unlackiert, unartikuliert, grobschlächtig und das Holz alt, dunkel

und trocken. Hand in Hand sitzen Jakobus und Clade auf ihren Plätzen und versprechen einander, wachsam zu bleiben, um dem Sog einer Verwandlung zu entgehen.

Das Licht im Publikumsraum verlischt und eine Projektion auf dem Boden der Arena verkündet – *IM BANN DES KRINGELS*. Nachdem der Text ausgeblendet ist, erschafft die Videoprojektion die Illusion einer gerippten Oberfläche auf dem Sand. Eine ganze Weile bewegt sich in der Arena nichts, bis unversehens fünf Schatten aus dem Graben herausflitzen. Geschmeidig wie Katzen verteilen sie sich am Außenrand der Sandfläche und geben dort mit Klanghölzern einen Rhythmus an. Gleichförmig und bedächtig. TOK – TOK – TOK.
In diesem reduzierten Setting schwebt eine erste Puppe heran. Winzige Lämpchen auf Gesicht, Rücken, Armen und Beinen beleuchten geisterhaft eine unbekleidete Kindergestalt. Drei Puppenspielerinnen braucht es, um diese Holzfigur zu führen. Beinah unsichtbar ziehen die Frauen mit. TOK – TOK – TOK.
An Beweglichkeit fehlt es ihm nicht, dem hölzernen Kind, das mit Schwimmbewegungen über den Boden gleitet, mit den Beinen paddelt, den Kopf in verschiedene Richtungen dreht und nach etwas Ausschau hält. Im Sandboden treten allmählich neue Strukturen hervor, kleine und größere Sandhäufchen mit Kratern. TOK – TOK – TOK. Clade und Jakobus richten ihre Augen wiederholt vom Bühnengeschehen hin zu den Sitzreihen. Die Leute im Publikum erstarren nicht zu Holz.

TOK – TOK – TOK. Der monotone Klangholz-Rhythmus hat etwas Hypnotisierendes. Eine Meeresschnecke ist auf die Bühne gekrochen und zeichnet bedächtig ihre Spur ins Sediment. Dabei nähert sie sich dem Kind, das die Suche anscheinend aufgegeben hat und in der Mitte der Arena kauert. Seine dunklen Haare bedecken weite Teile des Gesichts. Die Schnecke nähert sich seinem kleinen Holzfuß, während das Kind nur ab und zu Sand schöpft und durch die Finger rieseln lässt. Einige Minuten lang geschieht nichts anderes. Irgendwann schmuggelt sich unbemerkt ätherische Synthesizer-Musik dazu. Gähnen im Publikum, das Stück entwickelt sich auf etwas langatmige Weise.

Jakobus imponiert, wie geschickt eine der Puppenspielerinnen die Bewegungen des Kopfes und des Oberkörpers steuert und gleichzeitig den rechten Puppenarm führt. Ihrer Lenkung untergeordnet bedienen zwei weitere Spielerinnen den linken Arm und die Beine. Clade interessiert sich nicht für die Technik des Puppenspiels. Stattdessen zerbricht sie sich den Kopf, inwieweit das Stück Hinweise liefert, um die Ausseer Gemeinde zu durchschauen. Es ist wohl kein Zufall, dass ein Kind unter Wasser die Hauptrolle spielt. Die dunklen Haare auf dem Puppenkopf deutet Clade als einen Fingerzeig. Sie sind Nanas Haarschopf nachempfunden. Nana – die aus dem Eiswasser gerettet werden muss! Dieses Spiel in der Sandarena wirkt auf Clade wie eine ungeheuerliche Verhöhnung des Mädchens und seiner Situation. Sie fragt sich, ob es richtig war, Kat mit Nana allein im Haus zurückzulassen. Angesichts des Theaterstücks wirken die Aktionen des Bürgermeisters noch durchtriebener. Beinahe will Clade aufstehen und Jakobus auffordern, mit ihr den Zylinderbau zu verlassen, doch da hebt die Kindergestalt, als hätte sie Clades Gedanken erfasst, den Kopf und schaut in ihre Richtung. Clade beschließt abzuwarten. Vielleicht tauchen im Verlauf des Stücks noch wichtige Puzzlesteine auf, die sich zu einem Bild rund um Nana fügen lassen.

Kunstvoll führen zwei Spielerinnen die Seespinne auf die Bühne, groß und leuchtend rot. TOK – TOK – TOK. Mit langen, spitzen Beinen erklimmt sie die Bühne und schreitet den Rand entlang. Nachdem ihr stachelbesetzter Rückenpanzer ins Blickfeld des Kindes gelangt ist, steckt sie ein Bein in den nächstgelegenen Sandhügel, und das Kind zieht etwas Gewölbtes aus dem Sediment. Die Spinne nähert sich – TOKTOK – TOKTOK – TOKTOK – und sobald sie das Objekt vor ihren Stielaugen hat, rasen die Scherenbeine vor, um es aus den Kinderfingern zu schnappen. Endlich nimmt die Geschichte Fahrt auf! Weitere Menschenfiguren und Meerestiere strömen in den imaginären Wasserraum und schwimmen kreuz und quer oder kriechen über die Sandfläche. TOK – TOKTOK – TOKTOKTOK. Mit wachsender Neugier verfolgt das Publikum das Bühnengeschehen, das sich nun als groß angelegte Suche entpuppt.
Besonders forsch wirken ein Aal und sein Begleiter – ein Mondfisch, der ruckartig kurze Strecken zurücklegt und dessen Maul dauernd ins Leere schnappt. Zwei Menschenfiguren in Neoprenanzügen und mit Taucherbrillen

gleiten am Fisch vorbei und deuten auf eine Stelle im Sediment, in die sie ihre Finger hineinstecken. Frequenz und Lautstärke der Klangholzschläge nehmen zu, und die Taucher rufen Wörter wie *Knabberstrunk* oder *Prankenlauf*. Plötzlich erschallt aus der Tiefe unterhalb der Bühnenmitte eine Antwort. Ein Brummen und Knurren. Die Klanghölzer verstummen. Sofort versammeln sich sämtliche Figuren an der entsprechenden Stelle und zeichnen mit Händen, Flossen, Mäulern und Klauen Muster in den Sand. Halbkreise, Zacken, Punkte, Schlangenlinien. *Hemensteig, Leschenmahl!*, rufen die Taucher. Daraufhin wechselt das Brummen die Position und die Puppen huschen zum Rand der Bühne direkt vor Clade und Jakobus, um dort weitere Spuren in den Sand zu treiben. *Zinkenröd! Quänehuf! Hügenshurm!* – und das Brummen und Knurren von unten lockt alle zur gegenüberliegenden Seite. Dort allerdings verwandeln sich die Laute in langgezogene Basstöne, die klingen, als kämen sie aus einem riesigen Nebelhorn. Der Sandboden hebt sich langsam und ein Hügel wächst heran. Fische stoßen ihre Mäuler hinein, die Seespinne buddelt, dass es den Sand aufweht. Das Nebelhorn tönt lauter und lauter. Bruchlinien laufen über den Hügel, ganze Sandlawinen rutschen abwärts und legen die darunterliegende Form frei. Das offene Ende einer riesigen Wurmröhre ragt aus dem Boden!

Über die Kanten des gekrümmten Röhrenendes rieselt Sand abwärts. Acht Puppenspielerinnen laufen mit langen Stangen herbei und fahren damit in die Röhre, um

aus dem Inneren eine transparente Masse hervorzuziehen, die sie langsam aufrichten und entfalten. Anfangs ist es für das Publikum unmöglich zu erkennen, was diese wabernde Gestalt eigentlich sein soll. Andauernd verändert sich ihr Umfang. Gallertig und durchscheinend mit wellender Außenschicht morpht sie herum, bis sich mit der Zeit doch eine klare Form herausschält. Dabei entsteht so etwas wie ein Kopf, der im Vergleich zum restlichen Körper, einem langen schmalen Schwanz, enorme Ausmaße hat. Auffällig sind dessen überlappende Stirn, eine plattgedrückte Knolle in der Mitte und spitz zulaufende Schlappohren an den Seiten. Diese Ohren sind sehr beweglich und kreisen in der Luft. Eine Mundöffnung ist nicht zu sehen. Unter der Knolle geht der Kopf in eine Halskrause über, deren Rüschen sich aufzufalten beginnen. Trotz der Größe – das Wesen reicht mindestens bis zum zehnten Rang des Theaters – wird jetzt klar, dass es sich um einen Röhrenwurm handelt.
Zunächst hält der Wurm die vertikale Position und verdreht sich langsam in sich selbst. Beim Ausdrehen zieht er nicht nur die Faltungen der Halskrause in die Länge, sondern sogar seinen Kopf. Mit zarten Wellenbewegungen der Rüschen fächert er dem Publikum Luft zu und die Puppenspielerinnen drehen mit ihm eine Runde entlang des Bühnenrands. Die Bewegungen des Wurms werden zusehends lebhafter und gewandter. Bald schlängelt er schräg durch die Luft und saust auf einzelne Zuschauerinnen und Zuschauer zu, wobei er allerdings immer rechtzeitig wendet, bevor er jemanden berührt. Seine Bewegungen haben

nichts Bedrohliches, sie strahlen im Gegenteil Heiterkeit aus, die sich auf die Anwesenden überträgt. Ein Schmunzeln zieht über ihre Gesichter, als der Wurm sich anschickt, in der Mitte der Arena riesige Kurven und Schlingen in die Luft zu zeichnen. Was macht er da? Tanzt er oder hinterlässt er eine Botschaft im dreidimensionalen Raum?

Wumm! – die ringförmige Neonröhre an den gläsernen Außenwänden des Theaters hat sich in ein Stroboskop verwandelt und zerteilt das Geschehen in der Arena in Stakkatobilder. Mit Präzision springen die Puppenspielerinnen zu den Seiten weg. Der monströse Körper verliert nun all seine Agilität und klatscht flach auf den Sandboden – und wird sofort wieder mithilfe der Stangen hochgerissen. Der Abdruck, den der Wurm im Sand hinterlassen hat, ist der Buchstabe S.

Sobald das Publikum die Form erfasst hat, setzen die Spielerinnen zum nächsten Manöver an. Ihr Einsatz ist enorm, ninjagleich das Huschen und Springen, das blitzartige Umfalten des Körpers vor dem Auftreffen am Boden. Der Wurm muss möglichst schmal werden. Patsch! Wie ein überdimensionaler nasser Fetzen. Die Stangen werden zu jeder Zeit in die Höhe gehalten, sie dürfen keine Spuren hinterlassen – und der Wurm ist schon wieder aufgerichtet! Diesmal ist eine Ringform zurückgeblieben, ein klar ausgestanztes O.

Über den sandbeklebten Leib läuft ein Zittern, als er an den Rand der Arena geführt wird. Einige Menschen, die einen Sprühregen aus Sand abbekommen, beschweren

sich lachend, woraufhin der Wurm nur demonstrativ seine Halskrause aufplustert und einen einnehmenden hellen Gesang anstimmt.
Langsam versiegt alles Licht aus dem Neonring. Der Theaterraum wird nun einzig von einer sparsamen Lichtquelle über der Arena beleuchtet. Ein mild funkelndes Firmament, das nach dem Stroboskoplicht erholsam wirkt. Mitten in der allgemeinen Entspannung stoppt der Wurm seinen Gesang, fällt nach hinten um und erzeugt damit eine einzelne lange Linie, welche die Arena in zwei Hälften teilt. O und S ruhen auf der einen Seite des Bodens, und nach einem weiteren Aufschlag erscheint ein U im anderen Halbkreis. Oder ist es ein C? Egal wie sich die Leute auf den Sitzen wenden, wie auch immer sie die Köpfe neigen, sie können nicht erkennen, mit welcher Letter im Sandbett sie es hier zu tun haben.

*

Zu Hause bei Rosi bleiben die Anwesenden von den Vorgängen im Theater unberührt. Hannes und Fabian sind zu einem nächtlichen Spaziergang aufgebrochen, Rosi werkt noch in der Küche, Nana schläft und Kat schaut durchs Fenster in die Nacht hinaus. Es hat zu nieseln begonnen und sie denkt an den Abend im Solebad, als der Großonkel vom Parkplatz auf sie zugeschlingert ist, um gegen die Glasfront zu klopfen. Die Lichtverhältnisse waren damals ähnlich. Hier im Wohnzimmer brennt nur eine Tischlampe und draußen ein kleines Licht, das matt den Kiesweg beleuchtet. Doch die Vorstellung, der lange Arm des Großonkels könne sie gleich erfassen, berührt Kat nicht. Das Angstgefühl ist verschwunden. Ob es noch irgendwo versteckt in einer Ecke ihres Inneren ausharrt oder völlig herausgeschnitten ist, weiß sie nicht einzuschätzen.

Wenn da wirklich eine Lücke klafft, hat sie das der erfolgreichen Entgiftung zu verdanken? Was bedeutet das für die Zukunft? Sie wird sich nicht mehr auf diese Angst berufen können. Über die Zeit war diese allerdings zu einem wichtigen Element geworden. Angst war der Auslöser ihrer Schmerzen und ihr Gehstock zugleich. Gespenstische Wehmut ergreift Kat und sie dreht sich zum Bett um, als Schritte auf dem Kies zu hören sind.

Anstelle von Hannes und Fabian, die sie erwartet hat, schälen sich zwei andere Gestalten aus der Dunkelheit. Sie tragen die ihr bekannten Paddel mit den Lämpchen und bunte Filzhüte. Allmählich treten ihre Gesichtszüge hervor. Kat hat die Männer als die singenden Begleiter des Chiefs in Erinnerung. Erstaunt stellt sie fest, dass beide an der Haustür vorbeigehen und direkt auf ihr Fenster zustapfen. Bevor Kat sich zurückziehen kann, blicken die zwei Ausseer schon durch die Scheibe und winken ihr zu.

Ja, da schau her! Dann stimmt es also, was die Haubsbergerin gemeldet hat. Die Kathi und ihr Töchterchen lagern bei der Brettschneider Rosi.

Daraufhin lösen sie sich vom Fenster, schreiten zur Tür und betätigen den Türklopfer. Rosi eilt aus der Küche und öffnet.

Griaß di, Rosi.
Griaß enk! Wos wollts denn za dera spodn Stund?
Mir wolltatn gern mit da Kathi redn.
Kat hört, wie Rosi die beiden abzuwimmeln versucht, doch sie drängen in den Vorraum und rufen Richtung Wohnzimmer: Kathi! Komm bitte zu uns, auf einen Moment!
Auffällig, wie sie für Kat nach der Schrift reden.
Nana ist wach geworden und Kat zögert kurz, was zu tun ist. Verstecken hat keinen Zweck. Sie hebt die Kleine aus dem Bett und geht mit ihr in den Vorraum. Ihre Wangen glühen etwas weniger als zuvor, das Fieber scheint gesunken zu sein.
Die Männer bilden ein karikaturartiges Gespann. Der eine feist und groß, der andere klein und ausgedörrt.
Mich wirst du ja wohl noch kennen, Kathi, aber den Josi vielleicht nicht, der kommt aus der Nachbarortschaft Puchen.
Besagter Josi lüftet den Hut und deutet eine Verbeugung an.
Kat nickt kurz, Rosi stellt sich zu ihr und legt demonstrativ den Arm um ihre Schultern.
Wir wollten gern ein wenig mit dir reden, Kathi, wenn du überhaupt die Manos Kathi bist, sagt Josi.
Wer sonst?, antwortet Kat gereizt.
Da Chief hot uns gschickt, woaßt, Rosi. Hot gmoant, mir solltatn schaun, ob des wirklich de Manos Kathi is.
Ja, wea sunst?, fragt Rosi.
Gunter wendet sich Josi zu, spricht aber wieder betont

deutlich und dialektfrei: Schau, Josi. Sieht diese Kathi nicht wirklich aus wie die Tochter von der Manos Dea. Vom Zwirnerhof her hast du die gekannt. Aber irgendwie ist sie doch anders – die hier. Wenn sie versucht, im Dialekt zu reden, wie beim Fest, dann klingt sie wie a gscheadi Weanerin.
Gunter lacht und Josi sagt: Nou, donn hear ma uns des an. Kimm, Kathi, sogst holt wos.
Ich brauch vor euch keine Prüfungen bestehen. Ich rede so, wie es mir passt. Wer sollte ich denn sonst sein, wenn nicht die Kathi? Ihr seht doch Nana in meinen Armen.
Das ist ja genau der Punkt, wir haben halt gedacht, die Nana möchte gern ihre echte Mama sehen. Beim Fest sollst du so getan haben, als wüsstest du nicht, dass dein eigenes Kind alle halben Jahre im Theaterfundus untergebracht ist.
Haha, sogoar i ols Puchener hiat des gwisst!
Und gerade die Mutter muss es doch wissen, sagt Gunter und grinst breit.
Genau, gerade die Mutter. Gerade die!, bestätigt Josi wieder.
Iatzt reichts owa, ruft Rosi wütend. Schauts, dass weidakemmts!
Damit geht sie auf die beiden zu und die treten den Rückzug an.
Hast du je etwas über Zwillingsschwestern am Zwirnerhof gehört, Gunter?
In Bad Aussee gibt's keine Zwillingsschwestern. Schon seit Ewigkeiten nicht. Das schwör ich dir, Josi!
Du musst es wissen, du sitzt im Gemeindeamt.

Als die Ausseer beinah zur Tür hinaus sind und Rosi bereits hinter ihnen schließen will, stoßen die beiden plötzlich ein lautes Röhren aus. Sie preschen in den Vorraum zurück und lassen sich vor Kats Füßen auf den Boden fallen. Während die Männer über die braunen Fliesen rollen, drückt Nana ihr Gesicht in Kats Nacken. Rosi will eingreifen, aber da kommen Josi und Gunter wieder auf die Beine und machen jauchzend Sprünge, die so hoch sind, dass ihre Köpfe fast an die Decke stoßen. Nach der letzten Landung schlagen sie die Stirnen aneinander, reißen sich die Hemden vom Leib und packen sich gegenseitig an den Schultern. Lange blaue Zungen rollen aus ihren Mündern und schnalzen auf und ab. Ihre Gesichter verhärten und die klappernden Kiefer beginnen einen Text zu leiern.

Obwohl die Verholzung der beiden immer weiter voranschreitet und den gesamten Körper erfasst, trommeln ihre Arme und Beine noch gegen die Wand, bei der Kat mit Nana steht. Bis auf wenige Zentimeter nähern sich die Figuren den beiden an. Voller Schrecken sieht Kat, dass sich nicht nur die Männer verwandelt haben. Auch Rosi lehnt mit steifen Gliedern neben der Haustür. Ihr Blick ist starr. Als Gunter und Josi die Arme ausstrecken und ihre Holzfinger auf Kats Kopf prasseln lassen, wehrt sich Kat und versucht, die Figuren zum Stürzen zu bringen. Das ist nicht einfach, sie sind schwer und stehen erstaunlich sicher. Aber die Bewegungen der zwei werden immer kraftloser, wie bei mechanischem Spielzeug, bei dem die Drehung der Feder ausläuft. Gegen Ende tippen die Finger nur noch in großen Abständen auf Kats Rücken und – klacketatat – fallen die Glieder der Marionetten in sich zusammen.

Die Rosi steht und schaut unverwandt. Ihre Augen erscheinen grob geschnitzt und weiß und blau angepinselt. Es macht Kat traurig, die Frau so zu sehen. Sie will näher zu ihr herantreten und versuchen, Rosi aus dem Zustand zu lösen, doch die Holzbeine knicken in den Kniegelenken ein. Die Rosi-Figur rutscht der Wand entlang Richtung Boden und endet dort als Gliederhaufen. Inzwischen hat sich Nana wie eine verängstigte Katze in Kats Oberkörper verkrallt. Sie weint und hustet zwischendurch. Kat weiß sich nicht anders zu helfen, als mit der Kleinen im Vorraum auf und ab zu gehen. Dabei stimmt sie einen sanften Gesang an, und mit der Zeit lässt sich Nana durch das Lied trösten.
Hab keine Angst, flüstert Kat dem Mädchen zu, Rosi wacht bald wieder auf. Inzwischen bring ich die beiden Typen aus dem Haus.
Das Mädchen versteht und lässt sich auf der Kommode absetzen. Kat gibt ihr einen Kuss, wirft ihr einen herumliegenden Schal um und macht sich daran, Gunter vors Haus zu rollen. Die Figur ist plump und jede Umdrehung kostet Kraft. Vor allem die Türschwelle stellt ein Hindernis dar, das Kat erst nach mehreren Anläufen überwindet. Josi, seiner Statur nach schmächtiger, lässt sich viel leichter manövrieren. Ihn schleift Kat problemlos über den Fliesenboden und über die Schwelle. An der Hauswand draußen lehnen die Paddel, im Vorraum liegen noch die

Hemden und ein Filzhut. Das Zeug wirft Kat den beiden auf ihre harten Bäuche und schließt die Tür.
Als Nächstes muss sie Rosi aufsammeln. Mit Mühe hievt Kat die Figur vom Boden, legt sie über ihre Schulter und geht damit in die Küche. Dort platziert sie die Frau auf einem Stuhl dicht am Esstisch. Der Oberkörper sackt unmittelbar nach vorne, sodass die Stirn dumpf auf dem Tischtuch landet. Das dunkle Holz riecht gut, denkt Kat, wenn auch einen Hauch moderig.
Gerade will Kat Nana aus dem Vorzimmer holen, als die Kleine ihr schon entgegenkommt. Nana setzt sich auf einen Hocker direkt neben Rosi und schaut auf den Holzkopf mit den groben Ohren und Wangen. Ängstlich und doch neugierig streicht das Mädchen mit der Hand über den Hinterkopf. Unter der Kinderhand vollzieht sich mit einem Mal eine Transformation. Das Holz wird zu Haut. Das Gesicht, der Nacken, der gesamte Rumpf beginnt sich mit Leben zu füllen. Rosis Finger bewegen sich, und langsam hebt die Frau den Kopf vom Tisch. Ihre Augen wandern suchend, bis sie sich auf Kat einpendeln. Rosi öffnet den Mund und murmelt mit kratziger Stimme: Ich muss eingenickt sein. Unangenehm, dieser Gunter und Josi, gell? Kommt, gehen wir endlich ins Bett!

Nachdem Nana eingedämmert ist, liegt Kat noch lange wach. In ihrer Unruhe stellt sie sich zum Fenster und blickt auf den Kiesweg vorm Hauseingang. Die beiden Männer sind verschwunden. Kat schwirrt der Kopf und sie fragt sich, wo Hannes und Fabian in dieser Finsternis

noch herumstreifen. Außerdem hofft sie, dass Jakobus und Clade bald zurückkommen.
Draußen bricht ein Platzregen los. Es ist wunderbar zu beobachten, wie das Wasser auf den Boden trifft und von dort als umgedrehtes Hütchen zurückprallt. Die Tropfen fallen immer dichter und härter. Der Lärm, der auf dem Dach entsteht, ist sagenhaft. Kat kann sich nicht erinnern, je ein solches Prasseln erlebt zu haben oder einen Wasservorhang, wie er jetzt aus der überbordenden Dachrinne herabfällt. Windböen treiben das Regenwasser in Schüben über den Kies. Nach wenigen Minuten hat sich der Weg vorm Haus in einen Bach verwandelt.

*

Im Theater nehmen die Besucher und Besucherinnen das Gewitter nur am Rande wahr. Ihre Aufmerksamkeit gilt dem Riesenwurm und den Buchstaben-Abdrücken im Sand, der Suche nach Sinn und Interpretation. Erst als die Puppenspielerinnen verunsichert wirken und den Wurm nur mehr halbherzig führen, schauen einige zum Glasdach hoch. Eine Folge von Blitzen zuckt über ihren Köpfen hinweg. Kurz darauf kracht es draußen, und die Beleuchtung über der Arena flimmert und erlischt beinah zur Gänze. Securitypersonal taucht mit Lampen zwischen den Rängen auf. Die Puppenspielerinnen lassen die Stäbe sinken, taumelnd fällt das Gebilde in sich zusammen und liegt einer Riesenqualle gleich im Sand.
Plötzlich ein Knochen sprengender Lärm. Ein Blitz hat

in das Theatergebäude eingeschlagen! Dunkelheit. Ein Alarm schrillt, die Menschen springen aus ihren Sitzen und drängen ihrem Fluchtinstinkt folgend zu den Notausgängen. Hinaus aus dem Theaterraum! Nur wohin? Die Gefahr lauert doch draußen! Die Aufforderungen der Ordner, ruhig zu bleiben, kommen nirgends an.
Auch Jakobus und Clade treibt es ins Freie, allerdings aus einem anderen Grund. In ihren Körpern machen sich scheußliche Empfindungen breit, die nichts mit dem allgemeinen Aufruhr zu tun haben. Wohl aber mit dem Wasser, das vom Himmel fällt. Es löst ein immenses Sehnen in den beiden aus. Es zerrt und rüttelt an ihnen, und ein starker Schwindel bringt die beiden beinah zu Boden. Mehr schlecht als recht stolpern sie mit der Menge dahin und stützen einander. Jakobus' Hand fühlt sich schrecklich hart an, denkt Clade mit zusammengebissenen Zähnen. Sie hat das Gefühl, keine Luft zu bekommen. Sie muss sofort ins Regenwasser – nein, besser in den Fluss! Aber die Menschenmasse im Theater bewegt sich zu träge und kommt nicht aus dem Gebäude heraus. Clade wird ungeduldig. Das Bild der kreisrunden Brücke mit dem dreiarmigen Stern beginnt in ihrem Bauchraum wie eine Schiffsschraube zu rotieren. Clade erbricht sich. Danach fühlt sie sich erleichtert, und von einer ungeheuerlichen Kraft getrieben schlägt sie sich eine Bresche. Jetzt ist es ihr ein Leichtes, die Menschen zur Seite zu fegen, sodass sie über die Stühle fliegen. In der allgemeinen Panik sind die Schreie der durch die Luft Geschleuderten nicht zu hören. Auch Jakobus verspürt

diesen unbändigen Drang zum Wasser hin. Er muss sich zurückhalten, die Menschen, die ihm im Weg sind, nicht zu packen und zu zerdrücken. Auf seiner Brust erscheint eine Chitinschicht, der Anzug zerreißt und hängt in Fetzen vom schwellenden Oberkörper.

Sobald die beiden aus dem Foyer ins Freie stürzen, empfängt das Nass ihre Leiber mit offenen Armen. Sie laufen Richtung Mercedesbrücke. In Clade rast die Begierde, sich in ein Lebewesen zu verbeißen. Mit aufgerissenem Mund jagt sie durch die Menschenmasse.
Das Regenwasser tut ihnen gut, trotzdem stöhnen sie lauthals, denn sie werden gebogen und gedehnt. Die Vorgänge des Umbaus sind so unaufhaltbar wie Geburtswehen. Noch haben sie Gliedmaßen, Hüfte, Rumpf und einen menschlichen Kopf. Doch Clades Arme verkürzen sich bereits, ihre Haut nimmt einen blauen Farbton an und ist von Widerhäkchen übersät. Während sie gemeinsam durchs knöcheltiefe Wasser auf die Brücke zulaufen, hört Clade Jakobus schluchzen: Ich möchte die Menschengestalt nicht verlassen!
Dieser Wunsch bleibt jedoch unerfüllt. Jakobus' Mund verändert die Form, erste Klauenknospen stülpen sich aus. Vielleicht ist dieses Elend nur ein momentanes Flackern und alles renkt sich wieder ein? Auf der Brücke angekommen, springen sie ohne Zögern in die kalte Traun, die sie bereitwillig aufnimmt.

2
potential

es gab eine tür, aber nicht immer war sie sichtbar. um zu eruieren, ob jemand von draußen zurückgekommen war oder nicht, musste diese tür außer acht gelassen werden. ihr öffnen und schließen zu beobachten, erschien unmöglich, außer man trat selbst durch die tür.

befand sich eine person nicht in der werkhalle, so steckte sie draußen im wald. es gab dort totholz zu ernten und veteranholz zu warten. setzte ein veteranholz einen ruf ab, so war dem sofort folge zu leisten. an diesen hölzern hafteten übermäßig viele partikel aus der vergangenheit. solch ein stück in die werkhalle zu befördern, erforderte kraft.
insgesamt war die gruppe in zwei gespalten, trotzdem trugen alle dasselbe grüne gewand und an allen arbeitsanzügen hingen feine späne und rindenstückchen.

während nor ins innere schlüpfte, kollabierten ringsum wellen. eine frische masernknolle lag in ihren händen und sie positionierte diese auf dem hackstock. als nor die axt hob, hatte noch niemand ihre ankunft bemerkt. erst als das holz entzwei barst, flogen einige augen zu ihr hin. schwer atmend ließ sie sich auf ihren hocker nieder.
kyr ging mehrmals an nor vorbei und beobachtete, wie sie, die

masernknolle zwischen die knie geklemmt, langsam einen kopf herausarbeitete, doch sobald kyr ihr den rücken zugekehrt hatte, verdoppelte sich die geschwindigkeit von nors schnitzbewegungen.

dauernd sprangen sie von einem moment in den nächsten. jede und jeder einzelne in der gruppe hatte eine bestimmte strategie entwickelt, das arbeitspensum rascher zu erfüllen. die auf diese weise gewonnene zeit verbrachten sie im wald, wo sie manchmal rund um die veteranholzdepots die ahnung eines ungekannten potentials befiel. es fühlte sich herrlich an. eine klar abrufbare erinnerung blieb danach nicht zurück, weder vor noch hinter der tür. trotzdem sehnten die arbeitenden solche momente herbei und versuchten, sie herauszufordern, was natürlich nicht möglich war.

jott stand im strömenden regen vor dem riesigen glascontainer mit dem neuwertkompost. die veteranholz-kaunerin hatte sie gerufen und zerrte an ihren armen, aber jott wollte den blick nicht vom humus wenden. dort war alles von pilzmyzel durchzogen, insekten und würmer fraßen sich durch die braunschwarze masse.
auch der engerling, den jott heute früh aus der schläfe der veteranholz-müllnerin extrahiert hatte, befand sich jetzt im container. die weiße käferlarve war wertvoll, hätte den kompost jedoch niemals verlassen dürfen. der schaden, den engerlinge an den veteranhölzern verursachten, nahm in letzter zeit zu. initialsplitter, eibischbalsam und prachtvolles gewand stellten keine ausreichenden barrieren mehr dar. die engerlinge trieben das arbeitspensum in die höhe.

Was da gegen die Strömung über die Flusssteine geglitten war, blieb zunächst im Dunkeln. Jetzt aber wälzt es sich über die Ufer des Grundlsees. Der Regen will nicht enden und die Hänge beginnen, talwärts zu rutschen.
Elendes Viehvolk!, hallt Jakobus' eigene Stimme im zerdehnten Schädel. Um Sauerstoff ringend liegt er mit Clade auf einer Böschung, halb im Wasser, halb an der Luft, gefangen in einer unentschlossenen Transformation, die vor und zurück springt und brennt, bohrt und nagt, die Körperstrukturen aufreißt und neu zusammenfügt. Dachte er wirklich, er dürfe diesen Menschenkörper auf ewig bewohnen? Zurück in die Fluten mit ihm, zurück ins Skorpionskorsett – hässlichste aller Hässlichkeiten! Den Leib flachgedrückt und in Segmente geteilt, die Beine in Krabbelfüßchen verwandelt, vor der winzigen Mundöffnung mechanisches Werkzeug angeordnet. Scherenarme und Zangen statt Fingern und weicher Lippen, die zum Küssen gut waren.
Ach, meine Clade!, jammert es im Inneren von Jakobus. Wie dir die Flossen aus den Schultern drängen und deine zwei Beine zu einer plumpen Schwanzflosse verwachsen. Nach und nach nimmst du die Form eines Torpedos an, dein seidenschwarzes Haar löst sich vom Kopf, dein Mund weitet sich zu einem zähnestarrenden Maul. Bald stierst du nur noch kalt vor dich hin.
Zwischen Momenten klaren Bewusstseins und Besinnungslosigkeit hängen die Gequälten aneinander, in der Hoffnung, die Verwandlung möge in die eine oder andere Richtung zu einem Abschluss gelangen. Ihre Maulmünder bringen Töne hervor, die der uneinheitlichen Ana-

tomie entsprechen. Als Clade zu ersticken droht, wälzt Jakobus ihren ungeschlachten Körper mit seinen Fangarmen in den Fluss, und sie schlängelt befreit davon. In der Angst, Clade zu verlieren, kriecht er selbst ins Wasser, bis es sich über seinem Rücken schließt.

So leben sie durch die Nacht. – Die Haifrau reißt Saiblinge und Hechte und schleudert sie Jakobus vor die Klauen. Wenn die Kiemenansätze unter Wasser versagen, verharren beide auf dem steinigen Boden mit dem Kopf an der Luft. Die Länge von Jakobus' Rumpf hat sich verdoppelt und wird von hartem, ringförmigem Gewebe umfasst. Die Nahrungsaufnahme ist schmerzhaft, aber für die Verdauung rücken die Organe in eine brauchbare Anordnung.
Jakobus sucht nach einem Weg, der ihn und Clade aus diesem elenden Zustand befreien könnte. Sein Kopf ist geschrumpft und flach und die Augen sind kleine schwarze Punkte. Er sieht kaum damit, aber Clades Anblick ist ohnehin entsetzlich. Ihre Augen sind im dunkelblauen Fleisch nicht zu erkennen und der Kiefer mit vielen Zahnreihen dominiert das, was früher ihr Gesicht war. Die für Haie typischen Löchermuster in der Haut des Kopfes fehlen, was bedeutet, dass Clades Lorenzinische Ampullen nicht ausgebildet sind und sie keine elektromagnetischen Felder wahrnehmen kann. Keiner der Kommunikationskanäle zwischen Clade und Jakobus funktioniert jetzt.
Als bei Jakobus der Schmerz erstmals nachlässt, wird ihm bewusst, dass die Verwandlung selbst wesentlich von einem einzigen Faktor abhängt: Ekaterina Manos!

Wie konnte er aus den Augen verlieren, wer ihn an Land gebracht hat? Er müsste sie zu sich rufen. Doch das gelang ihm nur als Seeskorpion aus dem Devon-Zeitalter, als Tätowiermeister. Jetzt ist er nichts dergleichen, nur ein erbärmliches Zwischending ohne jegliche Handhabe.

Jakobus bemüht sich, den Namen Clade mit seinem Klauenmaul auszusprechen, und hört bloß ein Schnarren hervordringen. Ihre arm- und beinlose blaue Gestalt windet sich im steinigen Uferschlick. Ihr deformierter Kopf reckt sich in seine Richtung. Liebste!, versucht Jakobus zu artikulieren. Bitte, reiß dich zusammen! Wir müssen weg vom Wasser!
Ob Clade ihn verstehen kann, ist nicht ersichtlich, also schleppt er sein Gewicht durch das Geröll im Uferbereich hoch und streift mit einem Zangenbein zärtlich ihre Flanke. Aus Clades Maulschlitz kommt ein Jaulen, der Kopf schlingert in der Luft und sinkt schließlich auf den Boden. Jakobus liest ihr Verhalten als einen Hinweis, die Böschung allein zu erklimmen. Er hofft, im Wald die Rückverwandlung zustande zu bringen und auf zwei Beinen zurückzukehren, um Clade in die Arme zu nehmen und dem Seewasser zu entreißen.
Voller Elan drischt sein langer Steiß mit dem Stachel auf den Kies, fegt zu den Seiten hin und erzwingt einen Reptiliengang. Zentimeterweise schiebt sich sein verschalter Leib die Uferböschung hoch. Während die eine Körperseite sich streckt, die andere sich krümmt und die Beinpaare abwechselnd drücken und ziehen, treten trübe Erinnerungen vor Jakobus' geistiges Auge.

Sind das seine Kinderbeine in den kurzen Hosen einer Schuluniform? In der Ferne johlen Mädchen, in der Nähe ruft eine warme Bassstimme seinen Namen. Der Großvater mit seinem sanften Blick und dem Vollbart, der nach Sandelholz duftet. Er klappt ein Buch auf und liest laut daraus vor: *Nous dormons notre vie d'un sommeil sans rêves. Mais où est-elle, notre vie ?*
Die großväterliche Stimme treibt Jakobus weiter den Hang hinauf. Er versucht, die Sätze, die er seit seiner Kindheit oft wiederholt hat, auszusprechen. Vokale zu formen, gelingt ihm gar nicht, und die Konsonanten klingen allesamt wie Klicklaute. Als Jakobus bemerkt, dass das Klicken einen eigenen Rhythmus formt, verleiht ihm dieser Antrieb. Nur immer weg von der trüben Seesuppe! Schon spürt er erste Grasbüschel unter dem Bauch. Ein steiniger Pfad ist noch zu überqueren, danach wartet die raue Oberfläche von Geäst. Jakobus' Hoffnung gilt dem Wald mit seinem brennbaren Gehölz. Zusehends durchdringt ihn die Vorstellung, aufrecht zwischen Bäumen zu stehen und Luft durch die geblähten Nasenflügel einzuziehen. Die Vorstellung seines Mundes, dessen Lippen- und Zungenbewegungen Wörter artikulieren, stimmt ihn zuversichtlich. Er als Mensch – der Schwerkraft ausgeliefert, dafür in erhabenes Sprachgewand gehüllt.

Mit einer Kaskade von Klicklauten gelingt es Jakobus, das Exoskelett aufzubrechen. Aus den flachen Formen des halbfertigen Skorpionkopfs dringen die knöchernen Rundungen eines Menschenschädels. Die Punktaugen

vergrößern sich und finden zu einer neuen Anordnung. Augenhöhlen und glänzende Pupillen mit dunkler Iris entstehen. Aus dem wild zusammengesetzten Schlund bilden sich eine Kehle mit Kehlkopf, Stimmbändern und ein Gaumen mit Zunge. Beim Versuch, erste Sätze zu artikulieren, streift Jakobus zerbrochenes Mundwerkzeug, Greifer und Scheren auf dem Boden ab. Lippen erscheinen, die Mundhöhle weitet sich, und Zähne stoßen durchs Zahnfleisch. *Sprachgewandt im Sprachgewand.* Immer menschlicher klingt das! *Nur leere Lehre.* Ha! *Elf ist der Elf.*
Viele Stunden muss Jakobus auf dem Waldboden verbringen, um dort seinen Panzer abzustreifen. Die letzten Wellen der Transformation durchläuft er auf der Seite liegend. In den Organen zerrt es zwar und Brei quillt aus Mund und After, doch seine Wortschöpfungen und die herrlichen Laute, die er immer präziser artikuliert, haben ihn in Euphorie versetzt. *Modern modern. Kein Meer mehr.*
Als alle Skorpion-Gliedmaßen abgefallen und Arme und Beine hervorgetreten sind, schlägt er mit den Fäusten juchzend in die Überreste des Panzers auf dem Boden, sodass es knackt und kracht. Schließlich leckt er offene Wunden, putzt seine Menschenhaut, fühlt den Puls an der Halsschlagader und legt die Hand auf die Brust, um das Pochen des Herzens zu spüren. Mit jeder Kontraktion der Herzmuskel verbindet sich ein Wort. Daraus ergibt sich ein Rhythmus.
Kitt – Lunge – Schoß – Reling – Helm – Sorge – Lust – Kuppe – Stein – Nudel – Krösus – Apfel – Nest – Säugling – Gurke …
Was um ihn herum geschieht, hört Jakobus längst nicht mehr. Selbst Clade hat er vergessen. Er sonnt sich

ausschließlich im Licht der Wörter.

*

Es geht auf ein Uhr morgens zu. Die Pendeluhr in Rosis Wohnzimmer tickt und tickt, während Kat noch wach liegt, voller Sorgen um Jakobus und Clade. Wie lang kann das Marionettentheaterstück bloß dauern? Im Bett hält Kat es nicht mehr aus. Sie steht auf und beobachtet im Fensterglas die eigene Gestalt, die zu tanzen beginnt. Die Beweglichkeit ihrer Wirbelsäule ist erstaunlich und die Arme schwingen, ohne Kat Schmerzen zu bereiten, Was für eine Freiheit! Kat lässt ihre Hüften rotieren und die Schultern rollen. Geschmeidig fühlt sich das an. Sollte Jakobus Recht haben und Nanas Anwesenheit tatsächlich ihren Körper heilen? In dem Moment zirpt Fabians Android auf dem Wohnzimmertisch und unterbricht ihren Tanz. In der Hoffnung, dass Fabian sich endlich meldet, gibt sie das Passwort ein, aber es ist nur eine Spam-Nachricht eingetroffen.

Warum antwortet Fabian nicht auf ihre Nachrichten? Sicherlich haben die zwei, vom Regen überrascht, bei Nachbarn Unterschlupf gefunden.

Da öffnet Kat den Entwurf ihrer Mail an Sisi. Sie überfliegt das Geschriebene und findet noch immer nicht den Mut, die Mail abzuschicken. Natürlich will sie raus hier, weg von diesem Ort. Wenn die Sehnsucht nach Sisi und Polly X stärker wäre, dann würde sie morgen einfach in einen Zug steigen und nach Wien fahren. Doch statt Sehnsucht

ist da hauptsächlich Leere, das Gefühl, ihr altes Leben sei unerreichbar geworden. Die Gesichter ihrer Freundinnen und Freunde sind verblasst. Ihre weißen Hände betrachtend stimmt Kat leise eine Melodie an. *Steel Toes* – einer der ersten Hits von Polly X, in dem sie über die Schuhe singt, die Sisi bei ihrem ersten Treffen trug. Aber Kat hat gerade keine Lust auf ihre eigene Stimme.
Resigniert nimmt sie das Tablet zum Bett mit und überlegt, was sie zum Einschlafen hören könnte. Sie sucht eine Dream-Pop-Aufnahme, die ihr besonders gefällt. Die sanfte Stimme des Sängers wirkt beruhigend auf sie. Bevor sie abgetaucht ist, hatte sie das Album ständig gehört. Kat steckt die Kopfhörer in die Ohren und legt sich neben den Kinderkörper ins Bett.
Anstatt sie in den Schlaf zu begleiten, ist der sentimentale Pop heute der Bote eines luziden Zustands. Die artikulierte Zärtlichkeit der Stimme eröffnet einen Raum, den sie als Sängerin nie betreten hat. Vielleicht hat das Unterkühlte in ihrem Gesang ja zum Erfolg von Polly X beigetragen, doch Kat empfindet die Härte in ihrer Kehle im Grunde als ein Unvermögen. Kats Augen füllen sich mit Tränen, weil sie die Parallele zu einem anderen Bereich ihres Lebens sieht. In all ihren Liebesbeziehungen hat sie nach sexueller Hingabe gesucht, und doch blieb diese für sie unerreichbar. Immer schlich sich das Gefühl von Unterwerfung ein und ließ selbst eine geliebte Person in unerträglicher Ambivalenz erscheinen. Wenn Kat und Sisi miteinander schliefen, war Sisi geduldig und liebevoll, aber für Kat wurde der Sex zusehends zum Kampf. Da

bestand eine Hürde, die sich nicht überwinden ließ. Kat spürte, dass ihre Freundin nicht verstehen konnte, was in ihrem Inneren vorging. Wie auch? Kat selbst hatte keine Erklärung dafür. Es gab nur eine dumpfe Ahnung.

Entschlossen zieht sie die Stöpsel aus den Ohren und legt das Tablet weg. Sie möchte sich nicht weiter hinabziehen lassen und womöglich wieder in einem Alptraum beim Großonkel landen. Stattdessen blickt sie auf das Kind. Wie lieb sie es gewonnen hat! Das schwache Licht vor der Haustür erhellt die breit angelegte Stirn- und Augenpartie und die im Schlaf entspannten Lippen. Die Haare liegen wie längliche dunkle Blätter auf dem Kissen. Kat stoppt die Musik, um dem Atem des Kindes zu lauschen. Keinen Seufzer möchte sie verpassen, jede Drehung, jedes Gliederstrecken miterleben. Vorsichtig legt sie die Hand an die Stirn der Kleinen, um zu prüfen, ob das Fieber gestiegen ist. Die Stirn glüht tatsächlich. Als Nana ihre Augen ein wenig öffnet, sagt Kat: Ich hol dir den Sirup, okay? Dann wirst du dich bald besser fühlen.
Nana nickt minimal und beobachtet mit fieberglänzenden Augen die Bewegungen der vermeintlichen Mutter. Wie sie die Leselampe neben dem Bett andreht und zum Wohnzimmertisch geht, wie sie die Medikamente holt und sich schließlich hinsetzt und den Sirup dosiert. Um den Löffel zwischen die geöffneten Lippen zu schieben, richtet Kat Nanas labilen Körper im Bett auf. Da streckt das Mädchen die Arme vage vor, die Andeutung einer Umarmung. Sofort hievt Kat das Leichtgewicht auf ihre

Schenkel, umfasst den Kinderkörper und versucht, Nana zu trösten. Sanft wiegt sie das Mädchen hin und her, bis es in ihren Armen einschläft.
Dass Kathi ihre Tochter im Fundus des Felsdoms an diese Irren abgegeben hat, ist absolut unbegreiflich, denkt Kat. Das hätte ich als Mutter niemals zugelassen! Ihr wird bewusst, wie sie insgeheim bereits hofft, Kathi werde nicht mehr zurückkommen. Sie ist überrascht von ihren starken Gefühlen für das Kind.

*

Trotz Dunkelheit hat Jakobus einen schützenden Ort unter einem vorstehenden Felsen gefunden und zehrt weiterhin vom Licht der Sprache. Bei jedem Herzschlag spuckt sein Mund ein zufälliges Wort aus.
Echo – Zelle – Ohrwurm – Null – Fahne –
Klebstoff!
Leumund!
Futter!
Was ist das? Eine Stimme, hell und klar, fällt in den Takt mit ein!
Nest – Graben – *Zahn* – Heu – *Franse* – Kreuzung.
Wie er sich freut, ihr Menschengesicht zu sehen!
Knallerbse – Blüte – *Kuss* – Nahrung.
Ein Wunder! Wie hat sie das geschafft? Auch Clades Rückverwandlung ist abgeschlossen, nur an manchen Körperstellen kleben noch Fetzen dunkelblauer Haihaut. Clade klettert zu ihm und legt ihre Wange neben seine

auf den Boden. Ihre Münder sind dicht beieinander. *Faust* – Frust – *Fall* – Nuss – *Nomade* – Grünzeug … Noch während ihres Wort-Duetts schlafen die beiden eng umschlungen ein.

Der Himmel entleert seinen wassergefüllten Leib auf Gipfel und Täler. Die Nische unter dem Felsen füllt sich zunehmend mit Regenwasser und bietet keinen Schutz mehr. Zeit, herauszukriechen und höher zu klettern! Der Morgen graut. Ihre Füße sinken in den matschigen Untergrund. Immer mehr Wasserläufe bilden sich, die ihren Weg Richtung See suchen. Der Anblick der schwarzen Seeoberfläche mit den dahinfliehenden Wellenbögen bereitet den beiden Verdruss. Auch Clade möchte nie mehr ins Wasser zurück. Entschieden fassen sie einander an der Hand und setzen einen Fuß vor den anderen.

Immerhin wissen sie, dass es sich bei dem Gewässer um den Grundlsee handelt und Rosis Haus ihr Ziel sein muss. Es sollte auf der anderen Talseite stehen, doch das auf- und abwallende Blätterrauschen mit dem wilden Regengeprassel stiftet Verwirrung. Jede Windböe produziert ein Trommeln aneinanderschlagender Äste, manche Zweige landen auf dem Boden. Auch die Kälte setzt Jakobus und Clade zu. Obwohl sie sich schnell bewegen, schlottern ihre Gliedmaßen und sie sondieren Möglichkeiten, die nackten Körper zu schützen. Clades guter Sicht ist es zu verdanken, dass sie bei einer abgelegenen Forststraße auf einem Holzstapel dunkelgrüne Netzplanen entdeckt. Um Jakobus verständlich zu machen, wie sich diese Planen als

Umhänge nutzen lassen, muss Clade mit ihrer Stimme gegen den Regen ankämpfen. Sobald die beiden die Holzkloben, die zur Beschwerung der Planen dienen, entfernt und sich die langen grünen Bahnen um Schultern und Brustkorb gewickelt haben, lachen sie erfreut. Das Plastikmesh ist anschmiegsam, isoliert und hält die Nässe ab.

Ihr Wegmarsch führt in die Höhe, doch bereits nach wenigen hundert Metern sind die zwei zu erschöpft, um auch nur einen Schritt weiterzugehen. Unter einer Buche bauen sie aus ihren Planen ein Nest und legen sich hinein. Clade umarmt Jakobus, und als dieser merkt, wie ihre Atemzüge ruhig und langsam werden, beginnen seine Gedanken, um Ekaterina Manos zu kreisen. Das Vorhaben muss lauten, die Gedanken zu ordnen, ermahnt er sich, zu rekapitulieren, was bisher geschehen ist, und zu überlegen, wie er Einfluss auf die Zukunft nehmen könnte. Jedoch stellt sich die Zeit an Land als unentwirrbarer Wust dar. Als Skorpion herrschte doch Klarheit! Wie hätte er voraussehen können, dass ihm diese verloren gehen würde? Wann genau sind ihm die Zügel entglitten? Während des Theaterbesuchs? Beim Umbau seines Körpers?
Neben seinem Zeitempfinden ist auch sein Erinnerungsvermögen angegriffen. Seinem Gedächtnis ist sogar entfallen, warum er je eine Skorpiongestalt im Devon-Zeitalter angenommen hatte. Aus welchem Grund Ekaterina Bad Aussee aufsuchen musste, weiß er noch in etwa. Weshalb ausgerechnet er dazu bestimmt war, sie zu begleiten, allerdings nicht. Was bleibt an konkreten Anhaltspunkten? Im Meer

hatte er bei der Tätowierung durch das Antidot aus seinem Skorpionstachel Ekaterinas Schmerzen gelindert und sie gleichzeitig auf das Auftauchen im Ausseerland vorbereitet. Das Zusammentreffen mit ihrem Widersacher und eine weitere Gift-Injektion hat ihr Körper bereits überstanden. Sollte sich ein weiteres Sprachduell ankündigen, wird Ekaterina wohl selbst gegen Viertbauer und die Gemeinde anzutreten haben. Ob sie ausreichend dafür gerüstet ist?
Während Jakobus mit schweren Augenlidern zum Blätterdach aufschaut, entsteht vor den Blättern eine Art Schleier, eine Projektionsfläche. Vergrößerte Abbilder seiner eigenen Finger hüpfen darauf herum. Unter den Fingerkuppen erscheinen die Tasten einer Schreibmaschine. Was steht da auf dem Papier? Es sind nur ein paar Zeilen. Seine Hände ziehen den Bogen heraus, einzelne Buchstaben lösen sich vom weißen Untergrund und schweben über seinen Kopf hinweg.

*

Eine zugeschlagene Haustür weckt Kat. Im Vorraum sind Schritte und die Stimme von Viertbauer zu hören. Kat springt auf. Seine hochtrabende Sprechweise hat er gegen einen rabiaten Ton eingetauscht. Jetzt plärrt er in breitem Steirisch. Was sich Rosi einbilde, die Flüchtigen zu verstecken. Dass die Manos Dea sich im Grab umdrehen würde. Die Worte *Moahr und Schwoarzhoarige* fallen.
Rosi kontert zunächst, doch als Viertbauer ihr vorwirft, absolut fahrlässig gehandelt zu haben, obwohl ihr doch klar sein sollte, welche Bedeutung das Kind für die Gemeinde

habe, kommt von Rosi keine Antwort. Ein helles Geräusch wie von umfallenden Kegeln ist zu hören, und Kat versteht, dass Rosis Körper verholzt auf den Boden gestürzt ist.
So a Trutschn!, schimpft Viertbauer, und poltert ins Wohnzimmer herein. Mit ihm Josi und Gunter, die drei bilden eine Kette, und aus der erhobenen Faust des Chiefs ragt ein Ende der Wurmröhre. Während er zum Bett stürzt und Nana heraushebt, wird Kat von Josi gepackt und in den Schwitzkasten genommen. Beim Versuch, sich zu entwinden, schlägt Gunter ihr mit dem Stechpaddel auf die Schienbeine. Es tut derart weh, dass ihrem Mund ein Japsen entkommt. Holtn Foutz, du Hex!, schreit Josi, wobei Kat spürt, wie der Arm um ihre Kehle zu erstarren beginnt, doch Viertbauer ist gleich mit dem U zur Stelle, um den Arm zu beleben.

Durch den strömenden Regen bugsieren die Männer Kat bis zum Transporter vorm Haus. Sie wird mit Nana auf einen Sitz gedrückt, die Tür zugeknallt und die starre Rosi in der Mitte der hinteren Sitzreihe angeschnallt. Auf der einen Seite lehnt sie an einem Deckenstapel, auf der anderen sitzt ein uniformierter Polizist. Rosis Anblick macht ihm sichtlich zu schaffen. Anscheinend hat er noch nie eine Verholzte gesehen und möchte diesen Körper auf keinen Fall berühren.
Nachdem Viertbauer sich auf den Beifahrersitz neben die Schiedsrichterin gesetzt hat, hängt er die Wurmröhre für alle sichtbar an den Rückspiegel. Das Auto verlässt den Hof und Rosi sackt bei der ersten Kurve von den Decken weg zum Polizisten. Der ächzt und streckt die Hände aus, um sich die Holzglieder vom Leib zu halten. Gunter, der

neben Kat sitzt, murmelt halb zum Polizisten gewandt: Jo, so schaut's aus – de Hoibwert-Rosi.
Rosi beginnt, sich aus der Erstarrung zu lösen. Von Gunter und Josi flankiert kann Kat sich nicht rühren. Ihr bleibt nichts, als Nana zu trösten und zu wärmen. Vorne schimpft Chief Viertbauer vor sich hin und die Schiedsrichterin nickt im Einverständnis. Auch heute trägt sie über dem Regengewand die Trillerpfeife. Unvermittelt dreht sie sich zu Kat um: Dass du ned die echte Kathi bist, sagt sie, des woaß i.

Während der Fahrt läuft im Radio eine Sendung, in der vom Unwetter und seinen Folgen die Rede ist. Schlamm- und Geröllmassen bis zu zwei Meter hoch, Autos zwischen Muren eingeschlossen, der Lupitsch- und Trattenbach über die Ufer getreten – Kat wird bewusst, in welcher Ausnahmesituation sich die Gegend befindet.
Meine Tochter ist krank. Ich brauch eine Decke!, sagt Kat forsch.
Auf Viertbauers Wink hin greift Josi zur letzten Sitzreihe, um ihr eine Wolldecke zu reichen.
Nachdem Nana eingepackt ist, fragt Kat: Wo sind Herr Opter und Frau Szelaski?
Das ist eben die Frage, antwortet der Chief erstaunlich nüchtern. Die sind nach dem Theaterstück einfach abgehauen, was an sich schon eine Frechheit ist.
Wohin führt ihr uns?
Zum Felsdom. Dabei fixiert Viertbauer Kat mit den Augen. Dort wirst du für uns die echte Kathi finden!

luftzug

vom frisch geernteten totholz in perks händen tropfte regenwasser. niemand bemerkte, wie sie durch die tür in die werkhalle schlüpfte, in die runde schaute und zählte. sechs von zehn leuten waren anwesend, der rest trieb sich im wald herum. wieso stand em nicht hinter der werkbank? er war doch vorausgegangen.

ringsum kollabierten wellen und die junge frau trug den kloben zu ihrem arbeitsplatz, um ihn auf dem hackstock zu positionieren. gleichzeitig trat sie aufs neue durch die tür nach draußen. die gummistiefel sanken in den aufgeweichten waldboden. em schlenderte vorbei, steckte ihr ein werkzeug zu und die ahnung eines neuartigen potentials befiel sie. über den köpfen rauschte ein rotahorn, in der werkhalle umschlossen perks hände den schaft einer axt, die klinge sauste herab und teilte das holz.

ein luftzug streifte ihr gesicht. die vorstellung, es handle sich beim objekt auf dem hackstock um ein ganz bestimmtes veteranholz, holte etliche der hier arbeitenden regelmäßig ein. die gruppe war gespalten. die einen wollten den veteranholz-bracher entzweihauen und in den kompost schmeißen, die anderen verehrten ihn und bestanden auf minutiöser wartung. wenn perk, em, jott oder nor bracher warten muss-

ten, versuchten sie, kaum kenntliche fehler, etwa eine einzelne quer stehende maserung im initialsplitter, einzubauen. doch die korrektur erfolgte alsbald durch personen wie rah, pol oder kyr.

pol stand jetzt neben perks werkbank und erteilte anweisungen, wie sie den veithner-torso anzulegen hätte. seinen vorgaben war unbedingt folge zu leisten. wurde eine instruktion missachtet, setzte es eine erhöhung des arbeitspensums und das bedeutete weniger ausgang im wald. sobald pol abgezogen war, blickte perk zu jott und richtung em, der ein nacktes veteranholz auf den zuschneidetisch bei kyr hievte, damit es neu eingekleidet würde. die partikel aus der vergangenheit zerrten an seinen armen.

perk befand sich sowohl in der werkhalle als auch draußen unter dem rotahorn. während ihre gummistiefel in den waldboden sanken, griff sie fröstelnd in die schenkeltasche, um ems werkzeug hervorzuholen. ein simpler kreuzschraubenzieher.
das prasseln auf der plane über dem veteranholzdepot lockte sie aus dem schutz des rotahorns. die veteranhölzer wurden ausschließlich bei lang anhaltendem schlechtwetter überdeckt, ein gewisses maß an regen, frost oder schnee verursachte nämlich keine schäden. im gegenteil, bei wetterumschwüngen sank die zahl der wartungsrufe. unverwandt starrte perk in den liegenden riesensetzkasten, wo tausende veteranhölzer in bunter miniaturkleidung auf moosbetten lagerten.

Rosi wundert sich über ihren Aussetzer. Wie ist sie bloß in dieses Auto geraten, mit dem Viertbauer Chief und Frau Stadler vom Sprachsport-Verein? Der Polizeibeamte auf dem Nebensitz ist ihr völlig unbekannt. Unangenehm, wie er aus den Augenwinkeln prüfende Blicke auf sie wirft.

Den anderen gegenüber will Rosi ihre Gedächtnislücke nicht preisgeben, darum beschließt sie, vorerst keine Fragen zu stellen. Der Dauerregen hat die Umgebung stark mitgenommen. Äste, gebrochenes Strauchwerk, geknickte Bäume und ausgerissene Wurzeln übersäen das aufgeweichte Erdreich. Dennoch erkennt sie den Weg zur Weißenbachalm, auf dem der Transporter jetzt hochklettert. Felsbrocken und Geröllhaufen erzwingen eine Slalomfahrt. An einer Stelle steigen der Chief und seine Gehilfen aus, um einen gekippten jungen Baum von der Straße zu zerren.

Dass sie Teil einer Entführung ist, hat Rosi natürlich verstanden. Das Kind soll wieder zurück in den Museumsfundus. Viertbauer direkt damit zu konfrontieren, erscheint Rosi nicht möglich, deshalb entscheidet sie sich für ein Ausweichmanöver. De Kloane g'hearat zum Oarzt!, sagt sie fordernd.

Der Chief erwidert knapp: Jaja, das wissen wir. Und übrigens, Roswitha … Im Felsdom oben muss ich ein ernstes Wort mit dir reden! Mir scheint, du hast bei deinem langen Auslandsaufenthalt den *Launthaler Schwur* vergessen.

Rosi schaut aus dem Fenster, ohne zu reagieren. Eine

Beleidigung, diese belehrende Art, noch dazu auf Hochdeutsch. Den Viertbauer Patrick hat sie so und so nie mögen. Es ist ihr schleierhaft, warum ausgerechnet der zum Chief gewählt wurde. *Launthaler Schwur*? Sicher kann sie sich erinnern, aber was haben die Veteranhölzer mit Kathi und Nana zu tun?

Seit über zehn Jahren war Rosi nur ein einziges Mal im Holzfiguren-Museum. Dabei gefallen ihr die Schnitzwerke gut. Gleich beim Eingang zum Museum hängen zwei Exemplare in Vitrinen, das Holz schwarz vom Alter, die eine besondere Wirkung auf Rosi ausüben. Obwohl das Museum heute für die Öffentlichkeit gesperrt ist, dudelt aus Lautsprechern in der Vorhalle leise Volksmusik. Es handelt sich dabei um den berühmten Seechor mit dem Standakkordeon. Auch Abbildungen von Gruppentänzen mit der beliebten Sägemehl- und Blütenstreu sind an den Wänden zu sehen. Zwei Museumswärterinnen erscheinen und lotsen die Eintreffenden in den ersten Ausstellungsraum. Während sich der Chief und die Schiedsrichterin dort mit dem Museumspersonal besprechen, schließt sich Rosi Kat an, die unruhig um eine Vitrine schleicht, in der Schnitzzeug des ersten Bracher-Meisters aus dem 18. Jahrhundert ausgestellt wird. Des Ur-Brachers Holzpantoffeln, die Werkschürze und einzelne erhaltene Figurenteile hängen darin. Der gesamte Raum scheint nur den Brachers gewidmet. Im Uhrzeigersinn wird jede Bracher-Generation mit Beispielen ihrer speziellen Schnitztechniken präsentiert.

Zwischen den Vitrinen sind groß aufgezogene Schwarz-Weiß-Prints an die Wände montiert, die die Entwicklung des Ausseer Figurentheaters dokumentieren. In der letzten Vitrine, die im Durchgang zum nächsten Raum platziert ist, wird Steinsalz aus einer gebogenen Röhre in die Luft gewirbelt, vom Vitrinenboden wieder aufgesaugt und zurück in den Kreislauf gespeist. Ach, der Kringel!, denkt Rosi. Das Kringel-Gedicht wird sie vermutlich nie vergessen. Seit der Volksschule sitzt es fest verankert in ihrem Kopf. Oft genug musste sie es als Kind aufsagen.

Kringelein klein
Gebogen und fein
Mit Stift auf Papier
Bist du hier bei mir

Schick ich dich weiter
Dann lacht jemand heiter
Ohne dich fehlen Worte
Auch das Rund einer Torte

Jedes Kind will dich finden
Zwischen Zirben und Winden
Zwischen Himbeer und Heu
Lieber Kringel, bleib treu!

Die Erinnerung an ihre Schulzeit ist Rosi nicht unbedingt lieb. Um sich davon abzulenken, bietet sie Kat an, Nana zu übernehmen. Kat reicht ihr dankbar das Kind und

mustert einzelne Ausstellungsstücke. Auf einer Bank in der Mitte des Saals wiegt Rosi die Kleine auf dem Schoß, die sie aus halb geöffneten Augen kurz fragend ansieht.
Beim Lesen einer Überschrift auf einer Schautafel zuckt Rosi zusammen. *Das g'frorene Kindl.* Diese Legende wurde früher in einem beliebten Marionettentheaterstück aufgegriffen, und in der Volks- und Hauptschule mussten die Klassen zu den Vorführungen. Jetzt wird *Das g'frorene Kindl* kaum mehr gespielt. Die Legende ist ohnehin zu gruselig und nicht wert, wiedergekäut zu werden, findet Rosi. Trotzdem ist auf der Schautafel eine Kurzfassung in gleich vier Sprachen zu lesen.
Rosis Blick fällt auf eine Vitrine, in der ein verzierter Gehstock des alten Brachers ausgestellt ist. Sie hat ihn gekannt, den Bracher-Meister, da war er noch gar nicht so alt. Auf ihrem Schulweg war sie ihm öfters begegnet. Rosi sieht ihn vor sich, seinen charakteristischen Gang, das Klopfen seines Stocks am Boden. Der junge Bracher ist im Vergleich recht unscheinbar.
Dieses Tamtam rund um den alten Bracher Joseph, murmelt Rosi kopfschüttelnd. Der mit seinen *goldenen Fingern*. Man weiß doch, dass in der Familie einige Dinge schiefgelaufen sind … Weiß man das? Woher weiß ich das? Verdutzt schaut Rosi um sich.

Der Bracher-Meister ist steinalt geworden und hat bis zuletzt die Fäden in der Hand gehalten. Das ist allgemein bekannt. Erst kurz vor seinem Tod vor wenigen Jahren hat sein Sohn die Werkstatt übernommen. *Bracher &*

Söhne betreut auch die heiligen Veteranhölzer, die nur zu Allerseelen besichtigt werden dürfen.

Die Tradition schreibt vor, dass allein die männlichen Mitglieder der Großfamilie mit dem Handwerk vertraut gemacht werden. Den weiblichen ist die Ausbildung zur Schnitzerin heute noch verwehrt. Dennoch schickt man zweimal jährlich eine Tochter oder Nichte in den Fundus. Es gibt da eine Abmachung, die mit dem *Launthaler Schwur* zusammenhängt.

Gerade grübelt Rosi, ob sie womöglich nicht alle Aspekte des Schwurs richtig bedenkt. Doch ihre Gedanken prallen gegen eine Abschirmung. Dass sie in diesem Augenblick nur dank des Körperkontakts zu Nana nicht verholzt, kann sie nicht ahnen.

Aus der Abschirmung in ihrem Geist bohren sich langsam spitze Stimmen.

Eine einfache Abmachung, die allen zugutekommt!

Wir wissen, was wahr ist und nicht war, das ist wahr.

Wenn die Kleine nicht pünktlich zum Frühlingsbeginn in den Fundus geht, ereilt ein Schrecken die Gemeinde!

Und es war nicht, weil nicht gewesen sein kann, was wir nicht glauben.

Ein Stich im Kopf, und Rosis Blick auf die Welt kippt. Alles wird fahl. Der Raum, die Ausstellungsstücke und die Menschen. Ein entsetzlicher Einblick in die Vergänglichkeit eröffnet sich – die Zeit, wie sie in den Raum hineinrauscht und alles Organische bis auf die Knochen herunternagt. Wenig später steht das gesamte

Gebäude in Ruinen. Nur sie selbst, Rosi, bleibt unberührt. Mit Trauerpfropfen im Hals, da es ihr nicht möglich war einzugreifen.
Gibst du mir wieder die Nana?
Die Stimme hebt Rosi aus der Ruine. Sie fasst sich und übergibt das Kind. Nicht ohne Zögern, denn Kathis Gesicht erscheint ihr wieder ein wenig fremd. Als Kat Chief Viertbauer zu den Treppen hin folgt und Rosi sieht, wie entschlossen ihr Gang ist, steht für sie endgültig fest, dass diese junge Frau nicht die Manos Kathi ist.

*

Erste Wolken lichten sich über dem Hochleitenwald, vom Regensturz bleibt nur ein Nieselhauch. Krähenrufe und zarte Sonnenstrahlen wecken Jakobus und Clade in ihrem Nest. Das lichtdurchflutete Blätterdach erzeugt tanzende Muster auf ihren Körpern. Die beiden umarmen und küssen einander, klettern aus dem Lager und stapfen bergaufwärts, um sich einen Überblick zu verschaffen und endlich Rosis Haus zu orten. Helle Vogelstimmen begleiten ihren Weg und der Waldboden dünstet seinen typischen Geruch nach Moder, Moos und Pilzen aus.
Vor manchem Totholz halten Clade und Jakobus, um Wasser aus den Kuhlen der Rinden zu schlürfen. Am Ende eines ausgewaschenen Wegs eröffnet sich vor ihnen der Blick auf einen weiten Grashang. Wie unversehrt die Welt beim Anblick des Wiesenidylls auf einmal scheint! Schlüsselblumen, Krokusse und Huflattiche öffnen ihre

Blütenköpfe und ringförmig angeordnet stehen frische Maipilze.
Sollen wir davon essen?, fragt Jakobus.
Clade hat sich schon längst einen Pilz in den Mund gesteckt. Er schmeckt angenehm nussig. Auch Kleeblüten, Löwenzahn und junger Sauerampfer sind ausgezeichnet.
Die beiden hatten angenommen, sich von hier oben aus leicht zurechtzufinden. Doch nun taucht kein Stück des langgezogenen Grundlsees in ihrem Blickfeld auf. Clade verwünscht den dürftigen Orientierungssinn der Menschen. Jakobus wendet sich hilflos hin und her auf der Suche nach Anhaltspunkten in der Berglandschaft, aus der in der Ferne schneebedeckte Gipfel hervorstechen.

Hallihallo!, schallt es plötzlich über die Wiese. Als sich Clade und Jakobus zur Stimme hinwenden, stapft ihnen eine leicht gebückte, hagere Frauengestalt durchs nasse Gras entgegen. Das grellgrüne Dirndl hängt lose über dem Leib, ein Korb schwingt an einem Arm.
Hallo, hallo!, ruft die Alte noch einmal fröhlich. Wen haben wir denn da? Ja, wenn das nicht die Ehrengäste des Chiefs sind!
Das Gesicht der Frau wirkt knittrig und die weißen Haare trägt sie zu einem schiefen Knoten eingedreht. Über die Netzplanen-Tracht ihrer Gegenüber scheint sie sich nicht zu wundern.
Ein grausliches Unwetter war das! Zorn mimend blickt sie zum Himmel und hebt die Faust.
Ihr schaut so verloren aus. Habt ihr euch etwa verlaufen?

Die aus der Zweisamkeit Gerissenen suchen nach einer passenden Entgegnung.
Ja, bringt Clade hervor, wir wären dankbar, wenn Sie uns den Weg zu Rosi Steindls Haus weisen würden.
Ja, die Roswitha! Natürlich. Da müsst ihr wohl am geschicktesten nach Zlaim runter und von dort bei Gallhof über die Brücke nach Mosern und von dort ins Tal nach hinten zu, nach Untertressen. Drei Stunden braucht das leicht. Also – von hier weiter über die Weiden, danach stoßt ihr bald auf einen Forstweg mit Wegweisern.
Bad Aussee liegt also da drüben, sagt Clade und deutet auf einen im Schatten liegenden Waldkamm.
Ja, genau – aber dorthin wollt ihr ja nicht, oder? Da müsstet ihr ansonsten wieder in den Wald zurück und einen anderen Weg einschlagen, der übrigens direkt am Felsdom bei der Weißenbachalm vorbeiführt. Dort habe ich euch das erste Mal gesehen, bei der Festlichkeit, ihr wisst ja.
Vielen Dank, das ist sehr freundlich von Ihnen!, sagt Jakobus lächelnd und verbeugt sich kurz.
Du hast so schöne weiße Zähne!, staunt die Frau. Es blendet direkt! Also, dann. Guten Weg noch!
Mit Elan geht sie an den beiden vorbei und winkt, ohne sich umzudrehen.
Jakobus und Clade verfolgen ihre Schritte und beobachten, wie sie am Waldrand ein Telefon aus dem Korb nimmt und kurz anhält, um etwas zu tippen.
Jetzt wissen sie wenigstens, wie der Ort heißt, in dem Rosis Haus steht und wie sie dort hingelangen, wenngleich sie

die Wegbeschreibung nicht vollständig im Kopf behalten haben. Jakobus und Clade gehen über den Wiesenhang, um zunächst einmal nach Zlaim zu gelangen.

Als der Weg über die Weiden in einen Wald führt, dort jedoch unversehens endet, überlegen die beiden, wo sie die Abzweigung zur Forststraße verpasst haben könnten. Sie drehen sich im Kreis. Es liegt viel Totholz am Boden und ein Großteil der Baumstämme trägt auffällige gesprayte Markierungen, die aber nicht der Orientierung zu dienen scheinen. An den Rinden prangen hellblaue Kreise mit einem X in der Mitte. Auch weiße Pfeile, die nach unten oder schräg nach oben zeigen, sowie Wellenlinien und fette Punkte sind zu sehen. Clade und Jakobus kehren um, doch nach wenigen hundert Metern verliert sich der schmale Pfad wieder und sie stehen vor Gestrüpp. Das gibt's doch nicht! Ratlos betrachten sie das Umfeld.
Liegt es an den verwirrenden Markierungen oder an ihrer Anspannung und Müdigkeit, dass sie nicht vorankommen? Die beiden beginnen zu rätseln, was Pfeil, O, Welle und X bedeuten könnten. Die Stimmung in diesem Waldabschnitt ist auch sonst obskur und unwirtlich. Ab und zu knackt es im Unterholz ohne ersichtlichen Grund. Vogelstimmen und Insektengeräusche treten übermäßig klar hervor. Als die zwei sich auf einem Holzstamm niederlassen, um sich zu besprechen, werden ihre Blicke zu den Baumkronen gezogen. Ein Luftflimmern, wie bei großer Hitze, hängt dort über den Wipfeln.

Verwundert beobachtet Jakobus, wie Clade zu einer Buche mit einer in die Höhe strebenden blauen Wellenlinie geht und kurzerhand den Stamm hinaufklettert. Ihre Gestalt erscheint so leicht und behänd, als wäre sie dafür geschaffen. Was machst du?, fragt Jakobus, doch da steht er schon selbst am Stamm und legt die Hände an. Seine Finger und Zehen entwickeln beim Aufstieg erstaunliche Kräfte. Im höchsten Geäst wartet Clade auf ihn und strahlt über das ganze Gesicht. Auch Jakobus erfasst ein Glücksgefühl. Auf einem Ast wippend singt er: Hat je ein Korsett mein Herz beengt, so ist es mit diesem Moment gesprengt!
Clade neigt sich zu ihm hin, um ihn zu küssen, aber unter Jakobus' Füßen kracht es. Sofort hat er auf ihren Ast übergesetzt und sie liegen einander in den Armen.
Schau!, weist Clade südwärts über die anderen Bäume hinweg. Am Himmel ist wieder ein Flimmern aufgetaucht. Drei schmale Schatten schweben darin. Zunächst halten die beiden sie für große Vögel, doch dafür sind die Figuren zu statisch. Schon ist Clade unterwegs, schwingt sich mit den Armen von Ast zu Ast, und der Geliebte springt hinterher. Gemeinsam suchen sie einen Weg, auf dem die Bäume dicht an dicht stehen. Die Art des Vorankommens erinnert Jakobus an einen Roman. Der Titel fällt ihm nicht ein, nur dieses Gefühl der Leichtfüßigkeit bildet die Verbindungslinie.

3
scheckenbock

den kreuzschraubenzieher in ihren händen drehend stand perk bei den riesensetzkästen vor tausenden veteranhölzern. hier sollte eine neue verbindung hergestellt, eine neue anordnung der komponenten gefunden werden. die kantigen gesichter aus lärche, ahorn und zirbe mit den perlmuttaugen ruhten starr, und perk überlegte, warum es unmöglich war, brachers veteranholzkörper zu zerhacken.
versuche hatte es genug gegeben, doch die klingen drifteten immer zur seite ab und trafen den zirbenleib nicht. auch gegen feuer war er immun und implantierte insektenlarven wurden sofort von kyr und hor, den beiden bracher-wächtern, aufgespürt.

es war reiner zufall, dass kyr jetzt durch die tür in den wald trat und von einem moment in den nächsten sprang. wellen kollabierten ringsum und perk sah, wie das veteranholz aus kyrs händen nach oben hin wegglitt. im nächsten moment hatten sie es wieder eingefangen.
wenig festgelegt ließ sich perk rücklings nach hinten fallen und berührte den boden nicht. kyr ging auf sie zu, denn für ihn stand perk noch dort. vom standort der eindeutigkeit aus hatten sich die wege der komponenten nicht vervielfacht. trotzdem schwebte perk bereits, fiel und stand, und schließlich war sie gar nicht da. kyr musste sich getäuscht haben.

von der werkzeugwand löste kyr einen veteranholzgreifer, legte den veteranholz-milnovic, den er hierher getragen hatte, in die zange und stellte sich vor setzkasten 4. dort fuhr er die stange des greifers aus und platzierte milnovic in der reihe k5 auf seinem moosbett.
während perk weit über seinen kopf hinaus schwebte, fischte kyr bei q7 kurz entschlossen den veteranholz-bracher aus dem kasten. er hatte keinen ruf von ihm erhalten, wohl aber den eindruck, auf seinem leib säße ein scheckenbock. sobald der käfer die bewegung spürte, sprang er vom holz und kyr stolperte.

kyr war hingefallen. neben ihm lag der kreuzschraubenzieher auf dem waldboden und der scheck scheckenbock verharrte reglos im moos. als kyr sich aufrappelte, ging die tür tür zur werkhalle auf und er griff nach dem schraubenzieher, dem waldboden und dem der schraubenzieher suchte in seiner hand. ihre hände. ein schräubenzeuger war aus perks ihren die finger heraus auf seinen der im kopf gelandet. wer, war er kyr? doch der, der den bracher bewachen hätte!
kyr sollte er musste auf den beinen hochgerappelt. auf den knien war kyr die knie und die suche nach dem veteranholz. bracher! wie konnte aus den zangen des scheckenbocks, der die greifer, kiefer, warte nur, mandibel. flieg! holzauge, horizont! nicht vermocht. dein hölz, meine beine.

Ekaterina Manos mit der weißen Hautfarbe geht, mit wippendem Schritt zwar, doch durchaus angespannt, im Vorraum zur Kellerstiege auf und ab. Ihren ärgsten Widersacher hat sie besiegt, wie sie glaubt, aber irgendeine Rechnung ist trotzdem noch offen, das spürt sie. Nur aus diesem Grund kommt sie Viertbauers Forderung, Kathi zu suchen, ohne Widerspruch nach. Und natürlich auch, weil dort in der Nische ein Kind sitzt, das sie lieb gewonnen hat.

Rosi liest Nana aus einem Kinderbuch vor. Eine Museumsangestellte hatte es eigens aus dem Museumsshop geholt und außerdem Stühle herbeigeschafft. Es sind Mäusegeschichten, die Nanas Aufmerksamkeit auf sich ziehen und sogar kurz ein Lächeln hervorrufen. Als die Schiedsrichterin und der Chief in Begleitung der Paddelträger auftauchen und vor ihnen Aufstellung nehmen, sinken Nanas Mundwinkel herab.

Du musst nirgends hin, sagt Kat. Ich geh nur kurz in den Keller hinunter, um jemanden zu suchen. Bleib bitte hier bei Rosi, ja?

Doch Nana beginnt zu weinen, läuft zur Mutter und hält ihre Beine fest, und für Kat stellt sich die Frage, ob sie das Kind in dieser Situation aus den Augen lassen darf. Die Umstehenden stimmen bereits ein Abschiedslied an, zu dem Josi und Gunter mit den Paddeln den Rhythmus vorgeben. Ich vertraue Rosi, denkt Kat schließlich, umarmt das Mädchen und verspricht, dass sie bald gemeinsam nach Hause gehen, auch wenn sich Kat für das Gesagte auf die Zunge beißen möchte, weil sie ja

nicht einmal weiß, wo Nanas Zuhause ist.
An der singenden Flankierung vorbei schreitet Kat zum Treppenabsatz, wo Viertbauer aus der Reihe tritt und ihr feierlich eine Taschenlampe übergibt. Dabei fällt ihr auf, wie sein Gesicht von großer Müdigkeit gezeichnet ist. Auch die einladende Geste, mit der er die Stufen abwärts Richtung Kellertür weist, wirkt sonderbar kraftlos. Ganz anders sprüht da der Elan der Schiedsrichterin. Sobald das Lied endet, steht sie mit ihrer Trillerpfeife bereit. Als der Startpfiff gellt, geht Kat die Stufen hinunter.

Die verdammte Stahltür ist kaum in den Angeln zu bewegen. Aus der Taschenlampe kriechen die Lichtstrahlen über die unverputzten Ziegelwände eines langen Gangs. Das dunkle Rot der Wände und das Knirschen des zerfallenen Ziegelmaterials unter den Füßen rufen sofort Erinnerungen an die Kämpfe mit dem Großonkel hervor. Vorsichtig geht sie den Gang entlang, als sie eine Stimme aus der Ferne wahrnimmt.
Kat nähert sich eilig, hält dann aber inne, unsicher, ob die Töne nicht nur in ihrem Kopf klingen. Hitze schießt ihr ins Gesicht. Wer singt da?
Doch die Stimme zieht sich zurück. Verwirrt setzt Kat einen Fuß vor den anderen und leuchtet weiter den Gang aus.
Komm wieder!
Da bahnt sich der Gesang erneut seinen Weg. Kat bleibt stehen, um jede Nuance des Lieds zu erfassen. Die Intonation ist präzise und doch von Gelöstheit getragen. Das ist die Verletzlichkeit und Wärme, die sie in ihrer

eigenen Stimme vermisst. Ein Schauder läuft durch ihre Glieder. Kat sinkt auf die Knie und vergräbt die Stirn in den Händen.
Doch in der Atempause vor der nächsten Strophe springt sie wieder auf die Füße und beginnt zu laufen. Mit dem Kopf voraus in den Klang hinein. Stolpern. Aus Angst, der Gesang könnte enden, bevor sie den Ursprung entdeckt. Dort vorne steht eine Tür offen. Aus dem Raum dahinter dringt die Stimme!

Aufgelöst und außer Atem stellt Kat sich in den Türrahmen und lässt den Lichtkegel der Taschenlampe im Raum wandern. Zuerst tauchen nur Regale mit Obststeigen auf, doch als sie den Boden ableuchtet, liegt da jemand in einem Eck. Eine magere Gestalt krümmt sich zwischen Sand, zerbrochenen Kisten, Karotten und Äpfeln. Die feuchtkalte Kellerluft stinkt nach Schimmel und Fäulnis. Die Person vor der Lampe ist ein erbärmliches nacktes Wesen mit riesigen Augen zwischen langen Haarsträhnen. Es hebt den Kopf und schließt vom Licht geblendet gleich wieder die Augen. Die Körperhaut ist dunkelblau. Kat tritt näher, weil sie nicht glauben kann, was sie sieht.
Das ist mein Blau!, denkt sie und steht gebannt.

Dem Impuls, umzudrehen und den gesamten Weg zurückzulaufen, gibt Kat nicht nach und hält sich stattdessen am Türrahmen fest. Das ist sie also – Kathi! Nichts kann das Bild ungesehen machen. Neben Mitleid packt Kat aber auch Abscheu und Zorn.

Wieso lässt du dich so gehen?, zischt sie und erschrickt dabei selbst über die Härte in ihrer Stimme. Und du sollst eine Mutter sein!
Im blauen Gesicht zeichnet sich Angst ab.
Interessiert dich nicht, was mit deiner Tochter geschieht?
Da kriecht die Gestalt näher, die Füße schleifen über den sandigen Boden. Kat lenkt den Lichtstrahl zur Seite weg, damit sie für Kathi sichtbar wird. Suchend streift deren Blick an ihr vorbei, dann erst wandert er zum Gesicht hoch. Etliche Atemzüge lang schauen die beiden einander in die Augen. Von sich selbst glaubt Kat nichts in diesem Gegenüber zu erkennen, bei dem alles nur *Kraftlosigkeit* schreit. Dass die Stimme aus diesem Elendskörper derart schön klingt, ist kaum zu fassen. Der verletzte Gesichtsausdruck widert Kat an.
Gleich darauf möchte sie aber vor Mitgefühl weinen, denn es sieht übel aus, wie das knöcherne Ding sich auf die Seite wendet und den Rücken mit den heraustretenden Wirbeln zeigt.

Über schimmelnde Karotten und Sellerieknollen steigend, geht Kat zur Figur und hockt sich vor ihr auf den Boden. Die Taschenlampe positioniert sie so, dass sie Richtung Kellerdecke scheint und Licht nach unten geworfen wird. Kathi singt leise und hält die Augenlider geschlossen.
Möchtest du Nana nicht sehen?, fragt Kat jetzt mit beinah zärtlicher Stimme und rückt, den Ekel überwindend, näher. Erst in diesem Moment kommt ihr der Gedanke, dass Kathi ernsthaft krank sein könnte.

Ich hab auf dich gewartet, flüstert Kathi. Während sie spricht, bewegen sich die Lippen kaum. Durch ihren Körper läuft ein Zittern.
Komm, ich führ dich raus, nach oben, zu Nana!
Kat streckt schon die Arme aus, um ihrem geschwächten Ebenbild zum Stehen zu verhelfen, aber es bleibt apathisch liegen. Schließlich fasst sie unter den kalten Leib, um ihn hochzuheben und hinauszutragen.
Nein, flüstert Kathi. Ich will nicht, dass Nana mich so sieht.
Da hievt Kat den Körper zu sich hin, um ihn quer über den Schoß zu betten. Der Geruch, den er verströmt, ist unheimlich, süß wie von Nelken, zugleich beißend wie Urin. Weißliche Flecken und Wundkrusten starren aus der blauen Haut. Aber der Widerwille, das Wesen zu berühren, nimmt ab, eine innere Ruhe breitet sich aus.

Viele Momente lang verweilen die beiden in dieser Position und das Gefühl der Verbundenheit mit Kathi wächst bei Kat stetig an. Bald kann sie kaum mehr entscheiden, welcher Körper zu wem gehört. Ein Zustand des Verfließens, aus dem nur eines mit Klarheit heraussticht – die diamantene Gestalt von Schmerz. Schmerz ist diesen Körpern widerfahren, und mit seinen unzähligen Lichtbrechungen und scharfen Ausformungen hat er über Jahre hinweg die organische Materie beschnitten und somit jede weitere Empfindung gelenkt. Dieses härteste aller Elemente zeigt sich, jetzt und hier, im schummrigen Licht in voller Größe und von betörender Schönheit. Die zwei Frauen baden in seinem Abglanz.

Ein derart klares Hervortreten ist etwas Besonderes. Zuvor war höchstens das phosphoreszierende Nachleuchten des Elements im Körperinneren fühlbar, und es herrschte Unsicherheit, was denn die Quelle sei. Jetzt ist die Erscheinung endlich konkret und wirkt auf allen Ebenen. Selten ist die eigene Machtlosigkeit so deutlich zu beschauen. Während Kat in einem hypnotischen Zustand schwebt, laufen Tränen über ihre Wangen. Auch Kathi blickt reglos, ihr Mund steht offen. Die rote Ziegelwand, die metallenen Regale, das verrottende Gemüse zwischen den Sandhaufen, die zerbrochenen Steigen, die stur leuchtende Taschenlampe. All das fügt sich zu einem zeitlosen Ensemble.

Du musst den Veteranholz-Bracher zerhacken!, bricht Kathi das Schweigen.
Zunächst ist Kat zu sehr von der Verschmelzung ihrer beiden Körper eingenommen, um Kathis Stimme zu registrieren. Aber die Fingernägel, die sich in ihren Oberarm krallen, dringen schließlich doch ins Bewusstsein und holen sie in Raum und Zeit zurück. Der eigene Körper erhält wieder seine Abgrenzung.
Du musst den Veteranholz-Bracher zerstören, wiederholt Kathi. Ich bin zu schwach.
Veteranholz?
Geh zur Werkhalle!
Wo ist die?
Weiter den Gang entlang. Frag nach Perk. Falls sie nicht an ihrem Arbeitsplatz ist, findest du sie draußen im Wald.

Den erreichst du über eine graue Blechtür.
Was ist Veteranholz?
Und versprich mir, dass du dich um Nana kümmern wirst.
Natürlich. Aber ich hol dich nachher ab.
Geh jetzt.
Ich will dich nicht alleine lassen!
Ich möchte aber allein sein.
Kathis Stimme klingt matt, doch entschieden. Verunsichert bleibt Kat sitzen. Wie sich lösen? Ein kurzer Blick aus den glasigen Augen genügt, seufzend drückt sie Kathis kalte Hand und sagt: Ich werde wiederkommen, sobald ich meine Aufgabe erfüllt habe.
Vorsichtig legt sie den fragilen Körper auf dem Boden ab, nimmt die Lampe und bewegt sich Richtung Tür. Kathi in der Kälte liegen zu lassen, ist verkehrt!, denkt sie und schreitet doch im Gang voran. Ein Luftzug saust über sie hinweg, hin- und hergerissen müht sich Kat weiter. Eigentlich will sie umdrehen, doch als erneut der Gesang Kathis durch die Wände dringt, ist Kat beruhigt: So viel Energie hat sie noch!
Kat lauscht der Entfaltung einer mikrotonalen Melodie. Sie selbst würde ein solches Lied nie improvisieren können. Von der Tonfolge fühlt sich Kat in einen Mantel gehüllt. Er wärmt sie und hilft ihr dabei, voranzuschreiten. Bracher muss vollständig zerstört werden!
Mit einem Mal bricht die Melodie ab, kippt in ein Stöhnen und schließlich in ein abgründiges Grollen. Eine mächtige Vibration erfasst das gesamte Untergeschoss des

Theatermuseums. Die Schallwellen setzen sich in Kats Unterleib ab. Hitze. Flächenbrand! Das Gefühl, ein Tier mit vier Beinen zu sein, das über eine ausgedehnte Ebene rennt, schnaubend, schäumend. Kat wendet und läuft los. Sie muss zurück! Als sie im Türrahmen ankommt und Kathi regungslos auf dem Boden liegen sieht – tot, wie sie weiß –, erfasst Kat ein großer Schrecken. Gleichzeitig fühlt sie sich erleichtert.

*

Jakobus und Clade können nicht erahnen, wie nahe sie sich zu den Kellergängen zwischen Museum und Werkhalle und damit zu Kat Manos befinden. Ihr Weg über die Bäume hat die beiden zu einer ausgedehnten Lichtung geführt, die sie nun überblicken. Im Zuge ihrer Annäherung war das Flirren in der Luft verblasst.
In einiger Entfernung sind die Umrisse des Felsdoms zu erkennen. Der riesige graue Dom liegt auf der anderen Seite der Lichtung hinter einer Werkhalle und deren Anbau, einem großen quaderförmigen Glascontainer. Was dieser Container beinhaltet, ist von ihrer Position aus nicht gut zu sehen. Die Lichtung selbst wird von vier waagrechten Setzkästen mit zahllosen Fächern und darin gelagerten Holzfiguren dominiert.
Ratlos sitzen Clade und Jakobus im Wipfel einer Esche und versinken in einen Zustand, in dem die Kette ihrer jeweiligen Bewusstseinsmomente und deren Zusammensetzung sichtbar wird. Die Dauer der einzelnen Momen-

te, ihre Ausformungen und Dynamiken, die Gefühle, die entstehen, lassen sich genau betrachten. Auch die Schnittstellen, wo der eine Moment aufhört und der nächste andockt, treten deutlich hervor. Erst als Clade und Jakobus Gestalten in grünen Overalls sehen, die durch das Waldgebiet streifen und herumliegende Baumstämme begutachten, messen und zersägen, richten die beiden ihre Sinne wieder nach außen.
Eine junge Frau schleicht geduckt über die Lichtung zu den Setzkästen, schwingt sich auf den Holzrahmen und balanciert über die Reihen hinweg. In der Mitte hält sie an, um eine Figur herauszuheben. Sie muss sich anstrengen, die klobige Erscheinung aus dem Fach zu lösen. Sobald die Frau das Holz in den Armen hält, wendet sie sich um, läuft auf die Esche zu, visiert Jakobus und ruft: Fang!
Der streckt die Arme aus und erwischt das Objekt. Was hat dieses Holzgesicht für Augen? Ohne Iris starren sie blind in die Gegend.
Da taumelt Jakobus, ein unheimliches Gewicht zerrt ihn durchs verzweigte Blätterdach abwärts. Clade springt hinterher. Auf dem Weg nach unten hat er die Figur verloren, und wie durch einen Zeitsprung rückwärts sitzen die beiden plötzlich wieder in der Esche.

Auf dem Pfad neben der Werkhalle taucht ein Menschenzug auf. Jakobus setzt auf die Nachbarföhre über. Durch die Repositionierung in der Esche ist ihm klar geworden, dass die Abfolge der Momente lose gestrickt und ihre Verbindung nicht immer nahtlos ist. Es gibt Lücken, die einen Übertritt zu einem anderen Moment ermöglichen. Die junge Frau scheint darauf gewartet zu haben. Erneut greift sie nach dem Veteranholz und wirft es ihm zu – er fängt, lässt sich zwischen die Zweige fallen und landet auf dem Boden. Dort wird ihm das Holz von einem der Arbeiter entrissen. Der schleppt es zum Kasten zurück, während seine Kollegen auf Jakobus zugehen. Clade will längst vom Baum, doch ihr Blick bleibt an der Tür der Werkhalle haften. Die Tür geht auf und Ekaterina tritt nach draußen. Sobald Clade wieder Boden unter den Füßen hat, verstellen bärtige Gestalten mit Sägen und Äxten auch ihr den Weg. Aus den Overalltaschen der Holzarbeiter blitzen Schnitzmesserklingen.

Wir sind Rah, Pol, Kyr und Hor, sagen die vier der Reihe nach. Ihr kommt hier keinen Schritt weiter!

Kaum haben die Männer das ausgesprochen, halten sie inne und spitzen die Ohren. Die Stimmen des Chors rund um Chief Viertbauer nähern sich! Immer deutlicher setzt sich der dumpfe Rhythmus der Stechpaddel ab und scheucht Schlangen und Würmer auf. Noch bevor die Sänfte des Chiefs auf der Lichtung erscheint, kommt die Schiedsrichterin auf die vier Männer und Jakobus zu, setzt zu einem scharfen Pfiff an und gibt ein Handzeichen in Richtung Kyr.

Der Halbwertkompost!, faucht der zu seinen Kollegen.

Die Abdeckung!, flüstern Rah, Pol und Hor bestürzt und laufen los.

Die drei rennen, was das Zeug hält, zwischen den Setzkästen hindurch auf den Glascontainer zu und machen sich dort zu schaffen, bis auf allen Seiten Rollläden abwärts rattern. Anscheinend haben sie ihre Aufgabe gerade noch rechtzeitig erledigt, denn Kyr wischt sich erleichtert den Schweiß von der Stirn.

Nach und nach präsentieren sich nun Würdenträger der Ausseer Gemeinde: Die glitzernden Wassermänner mit dem Steinsalz am Rücken, die drei Frauen in Lederkluft und Chief Viertbauer in der Sänfte. Sogar das gigantische Akkordeon haben die Ausseer hinaufgekarrt und vor der Halle abgestellt. Die Musikantinnen nehmen Aufstellung. Sägemehl und Blüten werden aus Körbchen gestreut, es wird getanzt und gesungen, und als sich der Chief aus seinem Sitz erhebt, ertönt ein kräftiger Tusch. Mithilfe langer Hebel ziehen zwei Frauen die Flügel des Akkordeons auseinander, was ein ausgedehntes tiefes Schnaufen erzeugt. Wie das Atmen eines Riesen.

Während Chief Viertbauer umständlich aus der Sänfte steigt, schillert für alle sichtbar sein Cape.

Auerhahn- und Birkhahnfedern!, wendet sich Kyr stolz an Jakobus und Clade.

Auf der Lichtung hat sich inzwischen eine beachtliche Menschenmenge verteilt. Vor der Sänfte breitet der Chief die Arme aus, ein Mikrofon wird ihm in die Hand gedrückt und dann ruft er endlich: Liawe Leut!

Die Umstehenden klatschen voller Begeisterung. Kyr ist von dem Auftritt so hingerissen, dass er auf Jakobus und Clade vergessen hat. Seine Unachtsamkeit ausnutzend verkriechen sich die beiden ins Unterholz.

*

Um den Blicken des Chiefs und der Gemeinde zu entgehen, zieht auch Kat im Schutz der Bäume rund um die Lichtung. Ihre Suche nach Perk ist vergeblich. Bisher hat sie nur Männer in Arbeitsoveralls gesehen. Doch wie aus dem Nichts springen ihr nun Gunter und Josi vor die Füße und treiben sie einer alten Dame in die Arme.
Muatta Viertbauer, mir habn sie!
Kat will sich aus dem Griff der Alten befreien, wird von ihr jedoch mit Schwung an den Haaren gepackt.
Dageblieben, du Falsche!
Die Männer bringen Kat in die Mitte der Lichtung. Auf dem Weg dorthin hängt Frau Viertbauer dicht an Kats Ohr: Du weißt gar nicht, wie sehr du meinem Sohn schadest. Nur ihm und der Bracher-Familie hat unsere Gemeinde das Leben zu verdanken. Verschwinde von hier! Deine sonderbaren Freunde kannst du gleich mitnehmen.
Beim Chief angelangt, zetert Mutter Viertbauer ins Mikrofon: Dass ös as nur alle wissts! Die da is nit unsare Kathi! Des is die Dopplgängerin, die dem Ausseerland schadn will!
Schande!, tönt es aus der Menge zurück. Wo is dann die Unsrige?
Wütend reißt Kat das Mikrofon an sich und ruft: Eure Kathi ist tot! Dort unten im Kellergang liegt sie zwischen Obststeigen und Sand, und ihr alle habt sie auf dem Gewissen. Ihr alle! Ich bin zwar nicht eure Kathi, aber Brachers Gift kenne ich nur zu gut!

Und dir sollen wir glauben?, erwidert die Schiedsrichterin. Sie hat sich an Kats Seite gedrängt und das Mikrofon geschnappt. Du hast dich in die Gemeinde eingeschlichen, um uns das wertvollste Stück zu entwenden. Ohne das Kind und das geringe Opfer, das es für die Gemeinde bringt, sind wir …
Werte Frau Stadler!, entzieht Chief Viertbauer ihr das Mikrofon. Lassen Sie es doch bei Ihren Zuständigkeiten als Schiedsrichterin bewenden. Sie dürfen Ihre Künste ja bald wieder unter Beweis stellen. Liawe Leut! In meiner Funktion als …
Sprachgefecht! Sprachgefecht!, kommt es aus der Menge. Der Chor wird immer lauter. Viertbauer wippt auf den Zehen, grinst und dreht sich um die eigene Achse. Die Federn auf der Brust streichelnd nickt er in die Menge, aber trotz aller Mühe wirkt der Chief heute glanzlos.
Kat holt sich das Mikrofon von Viertbauer und ruft entschieden: Ich mach bei keinem Duell mit!
Eure Sprachspiele sind lächerliche Girlanden, die nicht vom argen Zustand der Gemeinde ablenken können! Was im Fundus mit Kathi und Nana geschehen ist, lässt sich nicht wegzaubern. Es ist alles andere als ein geringes Opfer! Wann hat dieser Wahnsinn ein Ende?
Woher willst du Dahergelaufene …
Ich werde die verdammte Schnitzmeisterlinie durchbrechen. Händigt mir den Veteranholz-Bracher aus!
Niemals!
Ich werde ihn zerhacken!
Die Umstehenden schnappen entsetzt nach Luft.

Hier, vor euren Augen!
Das wirst du nicht!, schreit ein Mann. Kat erkennt ihn aus ihren Entgiftungsträumen – der jüngere Bracher. Bevor sie antworten kann, versucht Mutter Viertbauer, ihr das Mikrofon aus der Hand zu winden, aber Kat stößt sie zur Seite und ruft: Bracher ist so gut wie Kleinholz!
Da wird Kat gepackt. Aus verschiedenen Richtungen wird an ihr gezerrt.
Liawe Leut!, setzt der Chief wieder an. Hiermit fordere ich euch zur Ruhe auf! Lasst uns die Sache mit unseren bewährten Mitteln …
Diesmal gelingt es Viertbauer nicht, die Lage in den Griff zu bekommen. Immer mehr Leute bedrängen Kat und drohen ihr mit Gewalt, während sie in einem fort brüllt: Bracher ist Kleinholz!

Neben der Werkhalle wird ein lautes Rattern und Quietschen hörbar, und die Menschen werfen die Köpfe herum. Die Rollläden des Glascontainers öffnen sich. Stotternd allerdings, denn einzelne Arbeiter und Arbeiterinnen raufen um die Steuerung. Wie von einem riesigen Magneten angezogen strömen die Versammelten näher. Noch nie im Leben hat die Bevölkerung von Aussee einen Blick auf den Halbwertkompost geworfen! Was da zutage tritt, ist schwer aufzunehmen. Die hölzernen Halbwertkörper kürzlich Verstorbener sind im Zerfallsprozess zu erkennen. Gesichter von Verwandten und Befreundeten. Schreie des Entsetzens gehen durch die Menge, während erste Gesichtszüge verhärten. Verzweifelt beobachten sie die eigenen Gliedmaßen und bemühen sich, durch Schütteln oder Springen in Bewegung zu bleiben. Doch viele Augäpfel sind schon erstarrt, und erste Holzmäuler entlassen blaue Rollzungen.

Indem sich die Aufmerksamkeit verlagert hat, entkommt Kat. Mit steifen Gliedern humpelt sie an den Rand der Lichtung, wo sie von einer jungen Frau im Arbeitsoverall gefasst und in die Büsche gezogen wird. Der Mund der Arbeiterin ist fast vollständig verholzt, trotzdem versteht Kat ihr Flüstern noch. Ich bin Perk!
Die Frau nimmt Kat an der Hand. Gemeinsam stoßen sie auf Nana, Rosi, Clade, Jakobus, Hannes und Fabian, die eine Menschenkette bilden. Mit Ausnahme des Chiefs haben sich auf der Lichtung jetzt alle Menschen in Holzfiguren verwandelt. Das Klopfen der Gliedmaßen und das Schnalzen der Zungen steigern sich zu einem Getöse, aus dem sich die Verhexstimmen formieren, um den Geist zu ködern.

Chor: Es kann nicht gewesen sein, sonst wäre es wahr. Und wenn es doch wahr ist, wir es aber nicht hören oder sehen konnten, weil wir es nicht glauben?

Nur nicht in die Textschleifen hineinziehen lassen, denkt Kat und beobachtet, wie Jakobus das Schneckenhorn gereicht wird. Hannes und Fabian haben es aus Rosis Haus hierhergebracht. TUUU – T!, bläst Jakobus, doch der tiefe Ton zeigt keine Wirkung bei den Verholzten.

Warum versucht Jakobus überhaupt, sie aus ihrem Zustand herauszuholen?
Nicht!, ruft Clade. Wir brauchen nur das U von Viertbauer!
Und das Bracher-Veteranholz!, fügt Kat hinzu.

Chor: Wir sollten nicht zu wissen glauben, was nicht wahrgenommen werden kann. Wenn wir glauben zu wissen, dass wir es nicht wahrnehmen konnten, weil wir es nicht glauben, dann wird es eines Tages wahr geworden sein, obwohl es nicht wahr war.

Noch bevor sich die Gruppe auf den Weg machen kann, schillert ihnen bereits Viertbauers Federcape entgegen. Mit gesenktem Blick schreitet der Chief auf sie zu. Jede Verspieltheit ist aus seinem Auftreten gewichen.
Chief Viertbauer, beginnt Clade. Händigen Sie endlich das U aus! Es gehört dem Mädchen.
Unken urgieren!, fordert Jakobus den Chief zum Gefecht.
Ungern usurpieren, antwortet Viertbauer lahm.
Urteilsfähigkeit untadelig umgraben, schleudert Jakobus hervor, aber sein Gegenüber lässt den Kopf hängen und murmelt beinah unverständlich: Nicht ohne Schiedsrichterin.
Dann holen Sie die Schiedsrichterin!
Eigentlich, sagt Viertbauer und deutet auf Kat, wäre sie an der Reihe, gegen mich anzutreten. Aber sie verweigert ja.
Nun strafft der Chief sichtlich seine Haltung und blickt eindringlich auf Rosi.

Rosi, da Launthaler Schwur! Schau, was die Fremdn aus uns gmacht habn. Schau dir unsere Gemeinde an!
Die Sprachspiele bringen nix, sagt Rosi. Gib der Kleinen das U zurück! Es ist höchste Zeit, dass die Bracher-Familie ihre Macht verliert.
Unmöglich. Du verstehst das nicht, Rosi. Die Mädchen sind leider ein notwendiges Opfer. Nur so kann ich die Gemeinde schützen.
Ist das etwa der Schutz, den Sie bieten, Chief Viertbauer?, fragt Clade höhnisch und deutet auf die Lichtung, wo die Glieder der Verholzten aufeinander trommeln.
Nana darf das U nicht in die Hände bekommen, versteht das doch endlich!, sagt Viertbauer. Wenn die Bracher-Linie zerstört wird, bleiben die Verholzten in ihrem jetzigen Zustand!
Chief, ich glaub, Sie irren sich, tritt Perk auf Viertbauer zu. Das hat der alte Bracher verzapft, um sein System in Gang zu halten. Eigentlich hängt die Verholzung nur mit den Veteranhölzern zusammen.
Viertbauer blickt die Frau so überrascht wie nachdenklich an.
Chief, gehen wir gemeinsam zu den Setzkästen, ich will Ihnen etwas zeigen! Mir ist aufgefallen, dass – also fangen wir bei den Initialsplittern an.
Zögerlich setzt sich Viertbauer in Bewegung, sein rundes Gesicht wirkt blutleer. Als vorderstes Glied in der Menschenkette hat Perk eine Hand frei und muss auf dem Weg zu den Kästen die torkelnden Holz-Ausseer zur Seite schieben. Es ist unheimlich, durch diese Ansammlung von

Marionettengliedern zu waten. Als sie bei den Setzkästen angekommen sind, zeigt die junge Frau auf eine Figur in der ersten Reihe und sagt: Hier, Chief. Der Initialsplitter von der Veteranholz-Goiserin zum Beispiel …
Während Perk sich über das Fach beugt, um die Figur herauszuheben, erhält Kat endlich einen Eindruck von den Veteranhölzern. Was ist eigentlich so besonders an denen? Sie sehen fast alle gleich aus. Die Gesichter wirken schematisch und die eingepassten Ovalaugen unregelmäßig, wie von Kinderhand angefertigt. Nur die Gewänder der grobschlächtigen Figuren sind fein gearbeitet und ausnehmend schön.

Ein dumpfer Aufprall ist zu hören. Perk hat die Figur in ihr Fach zurückfallen lassen. Als hätten sie sich abgesprochen, packt Jakobus rasch die Arme des Chiefs, fixiert sie am Rücken, und Perk stößt Viertbauer den Ellenbogen in den Magen. Der Chief stöhnt daraufhin und tritt mit den Füßen aus. Als Clade ihm die Beine wegzieht, fällt er hart auf den Boden und Jakobus schwingt sich auf den Brustkorb.
Wir sind abhängig von der Bracher-Familie! Zerstört das Holz nicht!, ruft Viertbauer verzweifelt.
Die Kathi host du aufm Gwissn!, zischt Perk, während Kat Viertbauers Taschen nach dem U absucht. Es muss schnell gehen. Sie haben die Verbindung zu Nana aufgegeben und spüren bereits, wie ihre Arme und Beine verhärten.
Ich hab's!, ruft Kat und drückt Nana die Wurmröhre in die Hand. Chief Viertbauer verholzt inzwischen lamentierend und fluchend.

kollision

auf der waldlichtung türmte sich künftiger halbwertkompost. es gab eine außenperspektive, und die betrachteten komponenten verließen ihre festlegungen nicht. aber einige initialsplitter der veteranhölzer hatten sich um halbe millimeter verschoben und bedurften dringend einer wartung. scheckenbock, schmalbock oder blaukäfer, engerling oder menschenhand, wem auch immer die veränderungen zuzuschreiben waren, hatten einen neuen blickwinkel auf die werkhalle und das waldgebiet ermöglicht.

nicht nur eine tür führte aus der werkhalle, drei türen gab es insgesamt und sie standen alle offen. zumindest sah das vom waldgebiet her so aus. ob sich in der werkhalle derselbe eindruck bot, war schwer zu eruieren, denn die halle stand leer.
die verrückung der initialsplitter, die ursprünglich ein element der beobachtung darstellten, spaltete die außenperspektive auf, sodass eines deutlich wurde – ohne wartung würden die veteranhölzer ihre horizontale komponente verlieren.

als erste flog die veteranholz-kaunerin senkrecht nach oben und anschließend wieder nach unten. und während der veteranholz-launsitz und der veteranholz-mirksch in ähnlicher manier hochsausten, war die veteranholz-

müllnerin bereits in eine andere richtung unterwegs. auch sie hatte ihre horizontale komponente verloren, wurde jedoch von einem anderen gesichtspunkt aus betrachtet. eine kollision war denkbar.

durch die aufteilung in unendlich viele außenperspektiven wurden unendlich viele kollisionen möglich, und jede einzelne dieser perspektiven eröffnete neue fragen. denn wie hoch war nun eigentlich die vertikale geschwindigkeit eines veteranholzes und wie groß seine potentielle energie? wüssten wir das, bekämen wir den korrekten ausdruck für den gesamtimpuls. es müssten alle unterschiedlichen flugrichtungen der veteranhölzer und damit der kollisionspunkte errechnet werden, die fünf alternierenden maserungen und das schwindmaß mit einbezogen.

sehen wir uns eine kollision aus der sicht von jemandem an, der in einer borke vorbeifliegt mit der geschwindigkeit, die, hygroskopische eigenschaften ausgeblendet, gänzlich die rotation vereinheitlichte, so erhielten wir rohdichte gleich r und potentielle energie gleich u, und nur der einfachheit halber werden wir die achsen jetzt so drehen, dass die horizontale das kambium des veteranholzes gleichmäßig unterteilt. werfen wir nun einen blick auf die rotation des marks, scheinen die jahresringe mit einer wahnwitzigen geschwindigkeit vorbeizufliegen.

Die Dämmerung ist hereingebrochen und das Geklapper der Holzmäuler endlich verstummt. Lasch hängen die blauen Zungen aus den Mündern und tatsächlich sind darin Buchstaben geprägt, doch niemanden interessiert, was dort steht. Selbst die Frage, ob die Verholzten bald zum Halbwertkompost zählen oder nicht, kommt den Unverholzten nicht in den Sinn. Sie sind völlig vereinnahmt von dem, was mit Nana geschieht.
Das Mädchen hockt inmitten der Holzglieder, Köpfe und Torsi auf dem Boden und summt leise ein Lied. Dabei fährt es mit dem Zeigefinger die Bruchkante der Wurmröhre entlang, und als es den Finger in eines der Enden steckt, tritt aus dem anderen der Kopf des Neumünders Yoda Perspicua hervor. Er stößt eine längliche Sandrolle aus, die sich auf dem Weg zum Boden in Segmente teilt. Keck macht der Wurm sich lang. Das Mädchen kichert und kitzelt den weichen Körper, worauf er gurrende Laute von sich gibt. Das Miteinander der beiden ist sehr vertraut.
Perk scheint auf genau diesen Moment gewartet zu haben, denn sie springt nun von Fach zu Fach. Mit Genugtuung stellt sie fest, dass Kat sich an ihre Ferse geheftet hat.
Bracher liegt auf Q7, sagt sie. Pass auf, wenn du ihn raushebst, die Veteranhölzer sind schwer. Trag ihn zum Hackstock bei der Werkhalle.

Die Dunkelheit ist in die Lichtung gekrochen und das Licht des Sichelmonds ist zu schwach, um die Markierungstäfelchen unter den Fächern zu entziffern. Aus ihrem Overall holt Perk ein Feuerzeug, doch bevor Kat Q7

entdecken kann, setzen sich die Hölzer in Bewegung. Vor Schreck weicht Kat zurück. Ein Rucken geht durch die Reihen. Die Kloben verlassen ihre Anordnung, sie heben ab, als käme der Schwerkraft keine Bedeutung mehr zu. Hundertfach driften die Veteranhölzer mit ihren schimmernden Perlmuttaugen im Mondschein. Hier und dort stoßen die Kloben aneinander und versetzen sich wechselweise in Drehung. Durch Schwebeelemente hindurch bahnen sich Kat und Perk nun einen Weg. Noch befinden sich die Klötze in Schulterhöhe, aber ihr Bewegungsradius vergrößert sich. Bald werden sie außer Reichweite sein.
Der da!, ruft Perk und deutet auf eine Figur mit dunklem Seidengewand. Das ist der Bracher! Fang ihn ein!
Die Frage ist nur, wie. Denn sobald Kat glaubt, den Klotz gefasst zu haben, ist er ihrem Griff schon entglitten. Mehrmals packt sie zu, er flutscht jedoch wie ein Stück Seife im Wasser wieder und wieder aus den Händen. Indem sie das Holz mit den Armen langsam einkreist und in kurzen Schüben zur Körpermitte hinlenkt, gelingt es besser. Als es direkt vor ihrer Brust schwebt, schließt sie beide Arme, entschlossen, nicht nachzugeben, obwohl der Kloben bockt.
Zum Hackstock, dort!
So rasch wie möglich bewegt sich Kat über den Setzkasten, in den Armen das elende Ding. Sie will es loswerden, der Kontakt mit ihm brennt sich unangenehm ein.
Hier! Perk ist zur Halle vorausgelaufen und erhellt die Umgebung mit einer kleinen Lampe, die neben der grauen Blechtür hing. Sie stellt die Axt in Griffweite und schnappt einen Gurt von der Werkzeugwand der Halle.

Die anderen versammeln sich in der Nähe.
Wir müssen ihn fixieren!
Es wird immer schwieriger, das Gleichgewicht zu halten, doch Kat hat es vom Kasten zum Hackstock geschafft und entlässt jetzt den Bracher-Kloben auf den Eichenstamm, wo er mit Hilfe von Clade und Jakobus niedergedrückt werden muss. Perk will den Gurt anlegen und fordert: Die Stoffhülle weg, die stört beim Durchspalten!
Gemeinsam schälen sie die grüne Seide ab und zurren den Veteranholz-Bracher am Hackstock fest. Kat ergreift die Axt und hebt sie über den Kopf.

Während die Klinge abwärts saust, dehnt sich die Zeit aus. Wo die Zeitzunge Kat früher lähmen konnte, ermöglicht sie heute eine Außensicht und gewährt einen erweiterten Handlungsspielraum. Vor Kats Augen vervielfachen sich Axt, Veteranholz, Hackstock, ihre eigene Gestalt und die der Umstehenden. Alle möglichen Konsequenzen des Hiebs fächern sich vor ihr auf. Einmal gelingt es, Bracher zu spalten, einmal gleitet die Klinge vom Klotz ab wie bei gleichgepolten Magneten, dann wieder ist die Axt derart stumpf, dass sie Bracher kaum verletzt.
Trotz aller Entschlossenheit empfindet Kat auch Ernüchterung. Selbst ein idealer Schlag und die damit verbundene vollständige Auslöschung Brachers würde die von ihm verursachte Verwüstung in ihrem Inneren nicht rückgängig machen. Angstgefühle und körperliche Schmerzen sind zwar in den Hintergrund getreten, aber eine tiefe, nicht greifbare Traurigkeit wird integraler Bestandteil

ihres Wesens bleiben, das spürt sie. Die schlimmste Verletzung besteht für Kat in der Gewissheit, dass Bracher die Auswirkungen seines Eingriffs in ihren Kinderkörper bewusst gewesen sind. Es war kein Akt der Willkür. Der Genuss lag darin, einem jungen Wesen Gewalt anzutun, von der es sich niemals ganz erholen wird.

Kat hat das Spektrum möglicher Ereignisse vor sich. Es zeigt Bilder von großer Genauigkeit. Trifft sie den Bracher-Kloben nicht, weil dieser die Axt abzuwenden vermag, werden die Verholzten aufwachen, ihr Nana und das U entreißen und sie getrennt voneinander verschleppen.
Eine Klinge, die so stumpf ist, dass das Bracher-Holz nur eine Kerbe abbekommt, wird ewig Ausdruck eines misslungenen Akts bleiben und den Zustand der Ausseer Gemeinde nicht zum Besseren wenden.
Am Ende sieht Kat sich mit Nana und den anderen in einem Transporter auf der Autobahn nach Wien fahren, während Perk die blaue Kathi aus dem Keller trägt, um sie im Wald beizusetzen.
Nanas erwartungsvolles Gesicht, die Augen auf Kat gerichtet, bleibt als letzter Eindruck, bevor die Klinge trifft. Eine Kaskade von herabprasselnden Veteranhölzern folgt. Sofort bringt sich die Gruppe unter dem Vordach der Werkhalle in Sicherheit.

Das zweigeteilte Veteranholz liegt reglos auf dem Eichenstamm. Obwohl noch vereinzelt Hölzer vom Himmel fallen, wagt Perk sich zum Hackstock zurück, löst den

Gurt, hebt die Kopfhälfte prüfend hoch und zieht einen zündholzgroßen Span heraus. Zufrieden zündet sie ihn in der Feuerzeugflamme an.

Du hast es tatsächlich geschafft, Kat!, ruft Perk. Der Initialsplitter in ihrer Hand verbiegt sich im Glühen und bleibt als schwarzer Stängel zurück. Sie wirft ihn auf den Boden, um ihn mit dem Fuß zu zerreiben.

Jakobus und Clade wollen Kat mit einem Handschlag Glückwünsche aussprechen, aber Kat fällt ihnen bereits um den Hals. Sie muss die Tränen zurückhalten. Nana drängt sich dazwischen: Mama, ich hab Hunger! Kat nimmt die Kleine in die Arme und verspricht ihr, sich bald um sie zu kümmern.

Ihr müsst euch beeilen, mahnt Perk und verabschiedet sich.

Hannes hält einen Autoschlüssel hoch. Er deutet zu den hohen Fichten. Dort, auf der Forststraße steht Rosis Auto. Höchstens zehn Minuten entfernt!

Nachdem Perk in die Werkhalle getreten ist und die Tür hinter sich geschlossen hat, macht sich der Rest der Gruppe auf den Weg. Auf der Lichtung rühren sich erste Glieder. Ungelenk erheben sich die Menschen vom Boden, wankende Silhouetten unter dem Sichelmond. Mit dröhnenden Köpfen stolpern sie über die Veteranhölzer dahin.

George Perec – *L'Infra-ordinaire (1989)/ Warum gibt es keine Zigaretten beim Gemüsehändler?* (Übers. Eugen Helmlé)

Mikrozitate aus:
Richard P. Feynman – *Physikalische Fingerübungen für Fortgeschrittene* (Übrs. Inge Leipold und Helmut Reuter)
Dagmar Röhrlich – *Urmeer. Die Entstehung des Leben*s
Wikipedia

Liedtext-Zitat:
Max Raabe – *Schlaflied*